读者丛书
DUZHE CONGSHU
读者
签约作家
精品选粹

心头不余一事
马德自选集

马　德◎著

读者出版传媒股份有限公司
甘肃人民出版社

图书在版编目（CIP）数据

心头不余一事：马德自选集 / 马德著. -- 兰州：
甘肃人民出版社，2021.6
ISBN 978-7-226-05701-8

Ⅰ. ①心… Ⅱ. ①马… Ⅲ. ①散文集－中国－当代
Ⅳ. ①I267

中国版本图书馆CIP数据核字(2021)第103720号

出 版 人：刘永升
总 策 划：刘永升 李树军 宁 恢
项目统筹：高茂林 王 祎 李青立
策划编辑：高茂林
责任编辑：高茂林
助理编辑：李舒琴
封面设计：今亮後聲 HOPESOUND 2580590616@qq.com · 核漫 欧阳倩文

心头不余一事：马德自选集

马 德 著

甘肃人民出版社出版发行
（730030 兰州市读者大道 568 号）

北京金特印刷有限责任公司印刷

开本 889 毫米×1194 毫米 1/32 印张 10.5 插页 2 字数 235 千
2021 年 7 月第 1 版 2021 年 7 月第 1 次印刷
印数：1~20 000

ISBN 978-7-226-05701-8 定价：48.00 元

第 一 辑　　用 刹 那，问 候 浮 生

第 二 辑　　爱 与 相 爱

第 五 辑　　　　我 喜 欢

第一辑

用刹那，问候浮生

生活是一个七天接着一个七天

1

一辈子活下来，常常是，在最有意思的时候，没有有意思地过，在最没意思的时候，想要有意思地过，结果却再也过不出意思。

或者，换一种表述就是，在看不透的时候，好看的人生过得不好看；看透了，想过得好看，可是人生已经没法看了。

这句话说得并不绕。其实，人生比这个绕多了。

人生就是这样的一场游戏：在欲望浮沉中，把生命扔到很远很远，最后，只为了找到很近很近的那个简单的自己。

2

有一年，到大连旅游，参观旅顺日俄监狱。印象中，地牢般的监狱，只有很窄的一方窗户开在地上，可以看到人世的阳光。

在一孔窗户周围，看到一茎绿草，小小的，嫩嫩的，在风中摇曳。我想，这应是在那里苦难度日的囚犯们，所能见到的全部蓬勃和生机了吧。但是，那么多的监牢，每一孔窗户前，会恰好有一粒草的种子落在那里吗？会有生命的绿意，落在绝望的人生里吗？

那得多么幸运啊！

而我们的窗外，就有蓝天白云，我们的身边，就有鲜花绿草，没有谁囚禁我们，但我们却囚禁了自己。

常常是，在追不上的时候，才去追；在味道尽去的时候，才想品；在不得已的时候，才珍惜得已；在人生的大片美好过到支离破碎后，才去捡拾一些碎片，拼凑美好。

3

生活就是一个七天接着一个七天。

不是日子重复导致了枯燥和无聊，而是你枯燥无聊，把气撒在了日子的重复上。

其实，都在重复。位高权重的，富可敌国的，没有谁的日子不是一个七天接着另一个七天。只不过，当你仰慕谁，就会美化对方的重复，认为人家重复得有趣味有意义。其实，这一切，都是仰慕的光环散发出的五彩。

重复，赋予每个人的本质和意义都是一样的。

多重复才算重复呢？你看那些一天到晚打麻将的人，每天面对的就是那一百多张牌，然后，洗牌、码牌、打牌、和牌。论理说，该盯得头晕眼花，坐得腰酸腿疼，琢磨得心力交瘁了吧，但嗜打的人从来乐此不疲，没有一个喊累的，也没有一个喊重复的。

为什么呢？上瘾。

其实，有瘾，才是快乐生活的关键。瘾，就是情趣，它会让每一个日子，像绽开的花朵，一寸一寸阳光踩过的花瓣，无论多重复，都会美得各不相同。

4

活得没滋味的时候，去坐坐北京地铁，从 1 号线到 15 号线，在上班的早高峰。

你一下子就释然了。当然了，一下子也更崩溃了。

密密麻麻的人，如雨前的蚁，簇拥着，没有喧闹，没有声响，是令人压抑的寂静。几乎不用走，"哗"被推上车，"哗"又被挤下车。就这样，每天，还未曾上班呢，两三个小时，先折耗在了路上。无论你蓄了多少激情和活力，也会被日复一日地磨蚀殆尽。关键是，还有下班呢，还有一个晚高峰等着呢。

谁比谁活得更容易？

但，即便这样，一定也有活得幸福的"北漂"。幸福的人生活里不是没有不堪和琐碎，不是没有疲惫和失望，而是不管生活给了多大的泥淖，也要让生命拔腿出来，临清流，吹惠风，也要在心中修篱种菊，怡养内在的优雅和高贵。

幸福是一种自我剥离的能力，以及自我生成的能力。生活中，没有多少幸福是现成的，有幸福的人，只是会幸福罢了。

5

一个整宿睡得很好的人，会嫉妒一个睡眠质量不怎么好、甚至半宿还会醒一会儿的人。乍听，简直不可思议。再解释，你就明白了。原来，那个睡得很"好"的人，是靠安定这种镇静药片睡过一个晚上又一个晚上的。

如果不说透，从表面上看，应该是后者羡慕甚至嫉妒前者才是。因为，前者太好了，好得简直无与伦比。

生活，有多少是我们看透了本质的。你羡慕的权贵，前呼后拥，看起来那么风光，可是风光背后有多少痛苦，对方不说，你不会知道；你羡慕的富有，宝马香车，锦衣玉食，看起来，是那么荣华，这荣华背后有多少痛苦，对方不说，你不会知道。

也就是说，即便失点眠，你依然是那个睡得很好的人。即便过得平凡而宁静，你也会赢得别人羡慕。甚至，这里边，那些你羡慕着的人也在羡慕你。

只是，你要知道，这个世界没有一个人愿把这种羡慕轻易告诉你。

不在别扭的事上纠缠

1

不要在一件别扭的事上纠缠太久。

纠缠久了，你会烦，会痛，会厌，会累，会神伤，会心碎。实际上，到最后，你不是跟事过不去，而是跟自己过不去。

无论多别扭，你都要学会抽身而退。从一处臭水沟抽身出来，一转身，你会看见一棵摇曳的树，走几步，你会看见一条清凌凌的河，一抬眼，你会看见远处白云依偎的山。

——不要因为一条臭水沟，坏了赏美的心境，从而耽误了其他的美。

直到有一天，你轻轻地问自己，喂，那条臭水沟哪里去了？那一刻，你会突然发现，在人生关键的时候，学会退一步看生活，是多么重要。

2

你可以受伤，但不能总在受伤。

也就是说，在生活中，你可能会遇到误解、冷遇和不被尊重，也可能受到排挤、压制和打击报复，还可能遭逢不公、陷阱以及暗箭冷枪。是的，你要做好受伤的准备，因为，受伤，也是生活的一部分。

如果，你总在受伤，一定是太在乎自己了。有时候，太把自己当盘菜，原本就是人生一道难以治愈的暗伤。

3

我相信，这个世界已经抑郁和正在抑郁的人，内心都是柔软的。这种柔软，一半是良善，一半是懦弱。

当一个人打不赢这个世界，又无法说服自己时，柔弱便成了折磨自己的锐器，一点一点，把生命割伤。

恶人是不会抑郁的。是的，当公平和正义被湮没，当善良的人性和崇高的道德被漠视，当恶人可以为所欲为，这个世界，就成了制造抑郁的工厂。

4

我也喜欢泰戈尔的这句诗：世界以痛吻我，要我报之以歌。

如果颠倒其中的两个字，这句诗，就突然多了大胸怀、大气度：世界以痛吻我，我要报之以歌。

你说，一个人若能这样活在这个世界上，多难的路，不被轻松走过？

5

我记得，好像是厦门大学的一次校庆，某电视台著名主持人去了。

当他青春的身影在舞台上出现，下面的学生高兴极了，狂呼他的名字。他突然不高兴了，脸色阴沉地看着台下。后来，学生们很快发现叫法有问题，转而喊他老师，他笑了。

我在电视机前看到这一幕，很不解，学生们直接喊他的名字，多么亲切，他怎么就不高兴了呢？

又一次，当我看到某个官僚对直接喊他名字的人如何面目狰狞出离愤怒时，我才明白了，一个人在某个高位上久了，就会有架子。

而架子，就是他们的尊严。

6

一个不把无知当无耻的人，心底里，是没有敬畏的。他谁也不服，一副老子天下第一的姿态。

在这样的人面前，你能说什么？只好无话可说。

白岩松的文章里，曾经提到过黄永玉画的一幅画。那幅画上，黄永玉画了一只鸟，旁边写了几个字：鸟是好鸟，就是话多。

如果，你想珍惜自己的羽毛，你就必须要知道，在某些场合，你的沉默，其实是对自己多么深沉的尊重。

走得太近是一场灾难

1

跟谁走得太近了，都会是一场灾难。

灾难的意思是，你非但回不到从前，还会颠覆了从前。要想得到一个人，你就去走近他；要想失去一个人，你就去无限度地走近他。

近的好处是熟悉，近的坏处是太熟悉。这个世界，唯一能最熟悉的人，只有自己。否则，无论谁在对方面前城门四开，都是一种大忌。人类的所有美感，其实是一种陌生感和遥远感。一览无余了，只会徒生厌倦。人还有一种德性就是：你陌生一些，他还敬畏你，稍熟悉一点，他就拿捏你。

因为，你的七寸，已袒露在那里。

皇帝身边的宠臣，被砍了头的多了去了。领导身边的红人，瞬间臭了的多了去了。好得一塌糊涂的朋友，分崩离析的多了去了。

深爱的恋人，各自天涯的多了去了。曾经有多喜欢，此后便有多腻歪。前一刻看到的全是好，后一刻看到的便全是坏。好好在距离上，坏坏在距离上。

还是远一点为好。人间最美的距离，或许就在将够着又够不着的地方吧。

2

费心思的意思大概就是：费尽心力去对付别人的心思。且江湖越险恶，活得越费心。

同事之间你得周旋，上司面前你得小心翼翼，不三不四的人那里，也不能不声不响，你得人一面鬼一面。总之，你须听得了流言，躲得了暗箭，穿得了小鞋，走得了夜路，防得了恶狗，躲得过豺狼。

一句话，你早已忍到牙咬得嘎嘣作响了，场面上的事，还要应付到谈笑风生，泰然自若。

这样下来的结果是，把最好的脾气给了别人，把最坏的情绪给了家人和父母。一个人，欺负最多的，往往是身边的亲人。因为开罪于别人，可能会让自己失去很多，而得罪这些人，可以没有一点成本。

这个世界，精于世故的人，就是那些精于成本核算的人。问题是，人家的世故是在别人那里翻云覆雨，而自己的世故是在亲人面前恃强逞能。

人生有无数种失败，这是最悲情最苍凉的一种。

生活中太多的不容易和不如意，只有那些惯着你的亲人才懂。

他们深知你在水深火热中挣扎了太久，屈辱了太久，所以，宁愿委屈自我，去忍你、让你，纵了你的蛮不讲理和骄横跋扈。

只有最深广的爱，才能生成如此深沉的宽容。

3

我们必须对这个世界有双重看待：你不崇高不等于别人也崇高不上去，你不肮脏不等于别人也肮脏不了。好的永在好，坏的自在坏，推己及人与其说是忖度别人的方法，倒不如说是反观自我的方法。

在坏人那里能看到自我的良善，在好人那里可映照出自我的卑琐，你便没坏到哪儿去，也没好到哪儿去，进而，你知道，你不过是一个平常人。

这个世界，必须有好人，也必然有坏人，其他人夹杂其间，左是温暖，右是荒寒。一番温暖，一番荒寒，始知人世间，有人雪中送炭，就有人落井下石，有人唱赞歌，就有人找麻烦。

至此，看透了，也看轻了。看透了就是知道该来的总会来，看轻了就是明白多艰难的日子也终会过去。

4

人在没有波澜的生活里，是看不见命运的。只有在人生的最顶点与最低处，强烈的命运感才会袭来。

活到最好的时候，喜欢把一切推给命运，不过是想去神化自己有福气。活到最倒霉的时候，也愿意把所有归咎于命运，只是想暗示自己这一切必然要来。在厄运连连的日子里，拿命运来说事，可以让一颗苦难的心暂时安静下来。

　　当然了，命运也未必总是一念天堂一念地狱。譬如，有些东西追逐一生也得不到，有的人一辈子都逃不开，也是一种命运。这时候的命运感，其实是一种无力感。因为，追到后来，你没了力气，躲到后来，你没了方向。于是，只好在心里苦苦地喊一声：苍天啊，这到底是怎么啦！

　　最悲怆的命运感是，人未必在绝路上，心已在绝境里。

　　其实，尘世的屋檐下，跟自己一样受难的人多了去了。当你的眼里看到别人的苦难和无助的时候，你会发现，你一下子就会释然许多。

　　由此说来，所有的命运之苦，不是有多痛，而是痛得太孤单。

低　调

　　在万千的人群中，遇到低调的人，恍若在幽静的巷子里，听到一段静心的天籁，在苍凉的荒漠绝地，欣遇一脉淙淙的泉流。

　　那是一种言说不尽的愉悦和舒爽。

　　赏心只有三两枝。低调的人虽寥寥，却是这个世界一帧难得的风景，养眼，怡耳，悦心。也只有在低调者的身上，你才能在喧嚣的尘世里，寻觅到一丝清雅的内敛，一点高贵的平和，一份优美的沉静。

　　低调的人，举千钧若扛一羽，拥万物若携微毫，怀天下若捧一芥，思无邪，意无狂，行无躁，眉波不涌，吐纳恒常。

　　故意做出来的，不是低调，是低姿态；矫情装出来的，也不是低调，是假低首下心。真正的低调，是内在心性的真实呈现。无论处闾巷还是居庙堂，绝不改变；无论逍遥于腾达抑或困顿于落魄，绝不动摇。

　　低调的底色是谦逊，而谦逊源于通透。在低调的人看来，人生没有什么值得炫耀，也没有什么可以一辈子仗恃，唯有平和，平淡，平静，才能抵达生命的至美之境。于是，他们放低自己，与这个世界恬淡地交流。

张扬，张狂，张牙舞爪，到头来，不过是一场浮华的热闹，当绚丽散去，当喧嚣沉寂，生命要迎接的，是郁郁寡欢，是形影相吊，是门前冷落，是登高必跌重的惨淡，是树倒猢狲散的冷清，是说不尽的凄婉和苍凉。

真正有大智慧和大才华的人，必定是低调的人。才华和智慧像悬在精神深处的皎洁明月，早已照彻了他们的心性。他们行走在尘世间，眼神是慈祥的，脸色是和蔼的，腰身是谦恭的，心底是平和的，灵魂是宁静的。正所谓，大智慧大智若愚，大才华朴实无华。

高声叫嚷的，是内心虚弱的人；招摇显摆的，是骄矜浅薄的人；上蹿下跳的，是奸邪阴险的人。他们急切地想掩饰什么，急迫地想夸耀什么，急躁地想篡取什么，于是，这个世界因他们而咋咋呼呼，而纷纷扰扰，而迷乱动荡，而乌烟瘴气。这些虚荣狂傲之辈，浅陋无知之徒，像风中止不住的幡，像水里摁不下的葫芦，他们是不容易沉静下来的。

低调，不浓，不烈，不急，不躁，不悲，不喜，不争，不浮，是低到尘埃里的素颜，是高擎灵魂飞翔的风骨。

低调的人，一辈子像喝茶，水是沸的，心是静的，一几，一壶，一人，一幽谷，浅斟慢品，任尘世浮华，似眼前不绝升腾的水雾，氤氲，缭绕，飘散。

茶罢，一敛裾，绝尘而去。

只留下，大地上让人欣赏不尽的优雅背影。

这个世界并不完美

1

不要苛求这个世界完美，因为，你自己就并不完美。

2

月下一湾水，水上一叶舟，舟中一粒人，而私欲，是心底里无边的月色。

月色那么美。一抬头，一轮朗月；一低眉，一怀媚月；一转身，一片清月；一投足，月盈袖，风在肩。

若在心底里，剪不断这无边的月色，就难以剪尽尘世的烦恼与忧愁。

3

一叶落，不要苛求我去知秋，也不要告诉我翻过去，就是春天。

秋太萧索，春太遥远。

就让我是叶的一部分吧，在旋舞中，找到自己。

4

想了解一个人，看他交的朋友就够了。

一个人襟怀之大小，性情之好坏，旨趣之高低，眼界之远近，心底之善恶，做人之真伪，他的朋友，就是最好的镜子。

若一个人和什么人都能相处得如鱼得水，那不是完美，是圆熟。

在交往的尺度上，每个人都有自己的标准。一个丧失了标准的人，一定是圆滑到了没有原则的地步。

5

生活，不会为谁安排多么宏大的叙事，更多的时候，我们都要沦陷在俗世的琐碎与平庸里。

我们可能改变不了生活，但，可以擦亮心情。

有时候，擦亮了心情，在一定意义上，就是改变了生活。

6

一天，我抓住邻家婴孩粉嫩的小手。

他瞪着黑黑的眼睛看着我，那眸子，幽深，澄澈，纯净的，不染一点尘埃。

我喜欢这眼神，平等到不分贵贱，公允到不见偏激，人世的一切卑琐，褊小，促狭，在这里，觅不到半点踪影。

婴孩的眼神，该是人世间最美的一张诗笺吧，也只有在这张诗笺里，才能读到人类最初的纯净与温度。

7

一位老太太与丈夫恩爱了一辈子。

有人问老太太相爱终生的秘诀。老太太说，他很好，很完美。问的人笑了，说，老人家，您这不是美化您的丈夫吗，谁都知道，他脾气大，动不动就爱骂人。

老太太顿了一下，也笑笑，补了一句，像是回答，又像是自言自语：你们不懂，在我心里，他的缺点，从来就是完美的一部分。

一刹那，四座俱静。

那一天，听的人都感到很幸福。因为他们明白了，如何才能爱到永恒。

8

人类的幻想，是上天赋予每一个人的礼物。

我的一个朋友，每星期都要拿出 2 元钱去买彩票，没见过他中过多少钱，他却乐此不疲。你若逗他，他说，我不是为了那 500 万，我只是想买一份希望。

是啊，别丢了这份珍贵的礼物。

那张 500 万的彩票也许永远无法预约，但有滋味的人生，却就在预约的路上。

不　争

最纷扰的一个字：争。

这个世界的吵闹，喧嚣，摩擦，嫌怨，钩心斗角，尔虞我诈，都是争的结果。明里争，暗地争，大利益争，小便宜争，昨天争，今天争，你也争，我也争，鸡飞狗跳，人仰马翻，争到最后，原本阔大渺远的尘世，只能容得下了一颗自私的心了。

心胸开阔一些，争不起来；得失看轻一些，争不起来；目标降低一些，争不起来；功利心稍淡一些，争不起来；为别人考虑略多一些，争不起来……生活中，可以有无数个不争的理由，但欲望，让每一个人像伏在草丛深处的狮子，按捺不住。

权钱争到手了，幸福不见了；名声争到手了，快乐不见了；非分的东西争到手了，心安不见了。也就是说，你绞尽脑汁，处心积虑，甚至你死我活争到手的，不是快乐，不是幸福，不是心安，只是烦恼，痛苦，仇怨，以及疲倦至极的身心。

不争不好吗？

哪怕是少争一点，把看似要紧的东西淡然地放一放，你会发现，人心就会一下子变宽，世界就会一下子变大。也因了这少争，笑脸多了，握手多了，礼让多了，真诚多了，热情多了，友谊多了，朋友多了。一句话，情浓了，意厚了，爱多了。

喧嚣的人世，刹那间，万噪俱寂，恬静出尘。

常记得，乡下三四月间，一院子春烂漫，桃李吐芳，鲜花傲放，姹紫嫣红，竞相争奇斗艳。然而，荒凉的一角里，总有一针或几针芥草窝在石板下，独自努力地绿着，尽管它仅有一点鹅黄，显得孤单，弱小，了无生气，但它依然是春天的一部分——渺小而又顶天立地的一部分。

是的，这个世界没有也不会厚此薄彼。你没必要去争什么，生命，只在被欲望迷乱了的人心中，才一定要分出尊卑高下。

不争，是人生至境。

有一个富翁去世了，按照富翁遗愿，他所有的遗产，都留给了最小的夫人。这个富翁生前曾经娶过好几房太太，他的这些太太们，以及他的众多子女们，在小夫人面前，吵吵嚷嚷，哭哭啼啼，都想因此而分得一部分遗产。

出乎所有人预料的是，小夫人说，她什么都不要。问及原因，她说，没有什么好争的了，这个世界，最珍贵的，就是我深爱的人，他，已经走了。

所有的太太及子女们都傻了眼，他们羞愧得无地自容。

也因此，一直喜欢杨绛译的那首诗，诗是英国诗人兰德写的：

我和谁都不争，和谁争我都不屑，

我热爱大自然，其次是艺术，
我双手烤着生命之火取暖，
火萎了，我也准备走了。

说服自己

这个世界，最难说服的，是我们自己。

说好该去休假了，却为一笔买卖，取消了酝酿已久的行程；说好要看淡得失名利了，同事一升迁，心里便又禁不住暗潮汹涌；说好要关心健康了，却只在去医院看一回病人，去殡仪馆送一次逝者时，勉强坚持几天；说好要开心过生活了，却时不时为不值得的人不值得的事怄气；说好要去做喜欢的事了，却最终，困在不喜欢的生活泥淖中挣扎不出来。

我们是一只只被欲望风干的葫芦，更多的时候，浮在俗世的湖面上。生活的风浪，涨一阵，落一阵，涨涨落落中，一颗心，宕动，迷乱，癫狂，激滟的波光中，便再难寻到属于自己的波痕。

我们可以把结怨的双方劝说到握手言和，可以与对手谈判到把盏言欢，可以把迷失的人开导到豁然开朗。在别人身上，我们有大眼界，大智慧，大理性，大通达，但，回到自己，便一下子，变得识浅，襟短，器小，看不开。

明明知道，我们说服自己，是为了自己好，但，偏偏就是做不到。我们在职场上奔命，在权力场上争斗，在名利场上周旋，我们在乎钞票，在乎权力，在乎声名，说到底，世俗的一切荣华和体面，我们都在乎。然而，我们却很少在乎过自我的心灵，很少顾及过自我的感受。我们忙，口口声声说忙，却忙得顾不上自己。

一个人，虚荣风光的时候，灵魂一定在受难。

胆魄、智慧、激情以及耐力，原本是生命的线条中最灵动最曼妙的部分，我们拿出来，追逐的，却是背离生命需要的东西。谁都知道，快乐的心灵，愉悦的精神，比什么都尊贵，比什么都重要，但我们恰恰丢弃了这些尊贵，去追逐别人廉价的艳羡与虚妄的尊重。

有时候，我们说服不了自己，是因为我们活得太在乎别人了。我们干什么不干什么，我们说什么不说什么，总考虑别人怎么看，总在意别人怎么想。更可怕的情形是，有的人，只有他人艳羡与仰慕才快乐，只有他人奉承与恭维才幸福，只有他人敬畏与膜拜才满足，当价值观严重扭曲，当虚荣心甚嚣尘上，理性的光辉便荡然无存了。无论是谁，心若着了魔，便再难从生活的梦魇中醒来。

历史上，一定有人说服过自己。采薇而歌，义不食周粟，最终饿死于首阳山的伯夷叔齐，说服过自己；辞去彭泽县令，怡然种豆南山下的陶渊明，说服过自己；拒绝朋友山涛出仕邀请，并愤怒写下《与山居源绝交书》的嵇康，说服过自己；结庐杭州西山，终生不仕不娶，梅妻鹤子，写下"暗香浮动月黄昏"的林逋，说服过自己。

当一颗心摆脱了俗世的滋扰，当安妥了的灵魂回到精神的故乡，那一刻，一个生命，一定优雅地说服了自己。

用刹那，问候浮生

1

一颗宕动的心，所看到的世界，浮躁，喧嚣，云起，尘暗，是水里摁不下的葫芦，是风中止不住的经幡。

乱，层层乱，叠叠乱。

实际上，只要你放下名利，看轻得失，笑迎成败，坦对荣辱，你的心就会淡定下来。

你会因此而发现，你心安了，这个世界，顷刻间，又沉静如佛，风不乱，水不惊，万事不扰。

2

生命中，有无数过客，来来往往，擦肩而过，幻梦一般。

然而，又什么也留不住，一个又一个刹那，像风吹稚火，像水漫蚁穴，一瞬间，便缘生缘灭。

三千过客中，总会等来一个契合心灵的知音，相知于今世，相约于来生。

我愿用无数浮华的刹那，换得这一个不灭的永恒。

3

忘记一个仇人很难，但报答一个恩人很容易。

把很难的事情交给时间，让时间磨掉一颗仇恨的心。把很容易的事情交给行动，让行动去捂热一颗善良的心。

在时间的扶携下，我们渐渐学会了宽恕；在回报的快乐中，我们的良心被擦拭得闪闪发亮。

4

这个世间最美的相爱，是心与心的浪漫牵手，是生命与生命的激情融合，是灵魂对灵魂的神秘仰望。

唯有这样，爱才会流转出本质的诗意来。

能把这牵手，这融合，这仰望，都寓于平淡而琐碎的日子里的人，是最懂得经营爱情的人。

因为他们明白，唯其如此，这浪漫才会延续，这激情才会保鲜，这神秘才会永恒。

5

这个世界，忙得要死的，在抱怨；闲得无聊的，在抱怨。得到的，在抱怨；失去的，在抱怨。置身繁华地的，在抱怨；偏居穷间巷的，在抱怨；冷落孤独的，在抱怨；众星捧月的，在抱怨。不名一文的，在抱怨；富甲一方的，在抱怨。地位卑微的，在抱怨；权倾一方的，在抱怨。

在一片抱怨声中，多少怨男怨女，惊了情绪，扰了生活，灰了意，冷了心。

删尽抱怨，整个尘世，是不是清静的，会只剩下天籁？

6

有一个人，因为落选一个主任的位置，和领导闹崩，差点出了人命。

一个苦苦找不到工作的大学生，听到这个消息后，摇摇头，惨然一笑，说：真是不知足啊，他只是不被重用，而我，是没人用。

只要乐于比较，其实，生活给予我们的并不少。有时候，我们觉得痛苦，不是生活太无情了，而是我们太贪婪了。

7

不要粗暴地去表达一个观点，也不要冲动地亮出自己的态度。

哪怕，事后证明你是对的。

天地有大美，是经过几十亿年沧海桑田变幻而来的，即便它什么也不说，它的美也会永恒。

事实上，沉默中，你也会显得雍容大度，像一面湖泊，在浩瀚而蔚蓝的沉静中，让人们感受你的宽广与深度。

知己世界

活在知己的世界里，内心是轻松的。

没有了虚情假意，散尽了伪善与敷衍，知己的世界，还原了人与人本真的内心。人们敞开胸怀，彼此真诚地交往，坦诚地交流，不设防，不算计，坦坦荡荡，无拘无束。

也就是在这样的世界，一个人最原始最朴素的心性才会痛快地释放了出来，言谈举止，待人接物，做人处世，才会真正遵循自我的内心，而不用再去看别人的脸色，再去在乎别人的态度。

知己的世界，是一个为心灵松绑的世界，也是一个让生命欢悦的世界。

一个人，从一出生开始，就在寻找心灵上的朋友。小时候的那个青梅竹马的玩伴，成年之后的那个虽与你淡泊往来却一直两心相悦的人，都是心灵上的知己。只要有两个人，就可以构筑成最小单元的知己的世界。

知己的世界，不会是一个庞大的芜杂的群的集合，唯其如此，才彰显出这个圈子的尊贵。知己的世界，追寻的是彼此的心灵契合，与情感的亲疏冷热没有关系。也因此，即便是父子、手足、夫妻之间，即便是长期相濡以沫，也未必能形成知己的世界。

这是一座精神世界的理想后花园。在这个后花园里，少了权钱的纷争，少了名利的追逐，淡了得失的计较，没了尊卑的区别，更无恩怨的滋扰，总之，你不愿看到的污浊，你不愿纠缠的烦恼，都消失了，浮华的世界，一下子沉寂在了你的内心，让你六根清净，心舒神爽。

更重要的是，这座精神的后花园里，有志向相合，有意趣相投，有微笑，有友善，有仁爱，总之，百般的好，都在这里了。你可揽红拥绿，也可蹈香而舞，你可以把整个心都交出来，沐浴在这个世界最初的圣洁中。

从这个意义上讲，心灵契合，就是一种释放，一种自由，一种安妥，一种在彼此的尊重与仰望中寂静的抚慰和温柔的按摩。

小人，冷漠的人，自私的人，虚伪的人，是没有知己的。他们不会找到心灵契合的对方，因为，他们也不需要心灵上的朋友还是一个小人，一个冷漠的人，一个自私的人，一个虚伪的人。

他们虽然是同类，却是心灵上永远的敌人。

这些人即便能聚在一起，即便亲昵到称兄道弟，也不是知己的相聚。知己的世界，不是一个利益的结合体，更不会是一个貌合神离的世界。尽管，有时候，他们彼此也要口口声声声称对方是自己最相得的朋友，但狐朋狗友的世界，为利益而聚，最终也会为利益而散。

身在俗世，却能远离世俗，心在尘埃，却能不被尘埃沾染。生活，能明媚而洁净，交往，能高雅而有质量。这样的情形，也只有在知己的世界，才能安享。

不仅仅是人，大地，山川，草木，虫鱼，都可以是一个人的知己。词人林逋，在杭州，结庐西山，梅妻鹤子，他的知己，就是梅，就是鹤，就是让他的内心恬静的自然，也因此，他的生活才会生出"疏影横斜水清浅，暗香浮动月黄昏"的意境。

知己的世界，实际上就是心灵在为生命构筑的一种意境。一种快意的，也是写意的，可以让灵魂自由纵横的唯美而恬淡的意境。

老张的哲学

刘震云讲了个故事，说在逃荒的路上，老张死了。

老张临死之前，他没有想起妻离子散，没有想起蒋介石，也没有想起日本鬼子，他只想起了老李。原因是，老李是三天前去世的。

"我比老李多活了三天，值了"。这是老张留给世界的最后一句话。

这个世界的好多人，都活在老张的哲学里。遥远的地方，有天大的事情，也都跟自己没关系。最让他们在意的，是身边的人。因为，身边的人那里，才有自己的苦难和幸福。

有一个老婆婆，女儿在北京，每年她都要去住女儿家，少则十天，多则几个月。每次从女儿家回来，她要做的第一件事，就是到另一个老婆婆家去串门。然后，大讲北京的大街、商场以及形形色色的人和事。她为什么要讲这些呢，就是因为这个老婆婆的儿子在县里做官，总会大包小包带回好多东西，而她没有这样一个儿子。每次回来，把该说的该讲的说完了讲完了，她便一下子觉得心气和顺，幸福感十足。因为，终于在这件事上，把差距找平了。

后来，听故事的老婆婆中风瘫了，已经不问尘事。她也很少再去北京的女儿家了，或许在她看来，这趟旅程，已经没有了意义。

朋友所在的一家科技公司，每到年底都要走几个人。原因是发奖金。发钱也会走人，是奖金发得少吗？朋友摇头。朋友说，不是因为钱发得少，而是因为自己的钱比别人少。有的人，拿到手的奖金有二十多万，最后也走了。一问，只比别人少一两万。

有人劝，算了吧，不就是少那么几个钱，何必呢？听的人一脸的愤然，说，这能随便算了吗，名义上是钱多钱少的事，其实这里边有猫腻，奖金中的小区别，可是领导那里的大江湖啊！

好多人，本不该走，结果，跳槽之后混得一塌糊涂。对此，朋友不无感慨：在别人那里较真太多了不好，因为别人什么都不少，而你会失去很多。

乡下有一对夫妻，爱占小便宜。每到庄稼成熟的季节，总喜欢在别人家地里，或者掰个棒子，或者摘几根豆角。总之，这样便觉得十分快活。乡里的人们，都知道这夫妻俩的德行，也懒得搭理他们。不料有一天，妻子竟被气死了。一个爱占便宜的人怎么会气死呢？原来，她家的地里，丢了一个大倭瓜。

偷了一辈子人，结果被人偷了，还送了命。看来，人这一生，如果把所有都牵系在别人身上，滋味不好受啊。因为，别人那里，有自己的幸福，也有自己的痛苦，是快乐场，也是埋葬地啊。

总需要等一等

不要急着要生活给予你所有的答案，有时候，你要拿出耐心等等。即便你向空谷喊话，也要等一会儿，才会听见绵长的回音。也就是说，生活总会给你答案，但不会马上把一切都告诉你。

这才有滋味。这才会等到滋味。譬如，一朵花的开放，一树翠绿的长成，生活的美好，是在我们的等待中一点一点接近我们的。所以，如果你是一个急性子，希望不要苛求生活为你变成急脾气。请让它在慢条斯理中，为你孕育美好。

一个旅人，行走在路上。在一条大河旁，他看到了一个婆婆，正在为渡水而发愁。已经精疲力竭的他，用尽浑身的气力，帮婆婆渡过了河，结果，过河之后，婆婆什么也没说，就匆匆走了。

旅人很懊悔。他觉得，不值得耗尽气力去帮助婆婆，因为他连"谢谢"两个字都没有得到。哪知道，几小时后，就在他寸步难行的时候，一个年轻人追上了他。年轻人说，谢谢你帮了我的祖母，祖母嘱咐我带些东西来，说你用得着。说完后，年轻人拿出了干粮，并把胯下的马，也交给了他。

岁月是一棵枝柯纵横的巨树。而生命，是其中飞进飞出的雀子。如果哪一天，你遭遇了人生的冷风冻雨，你的心已经不堪承受，那么，也请你等一等，要知道，这棵巨树正在生活的背风处，为你站出一种春天的气象，一点一点靠近你。

是的，只要你肯等一等，生活的美好，总在你不经意的时候，盛装莅临。

站在烦恼里仰望幸福

人生烦恼无数。

先贤说，把心沉静下来，什么也不去想，就没有烦恼了。先贤的话，像扔进水中的石头，先贤甚至连"什么也不去想"都没想，就沉静下来了，而芸芸众生，在听得"咕咚"一声闷响之后，烦恼便又涟漪一般荡漾开来。

真是层出不穷。

幸福总围绕在别人身边，烦恼总纠缠在自己心里。这是大多数人对幸福和烦恼的理解。差学生以为考了高分就可以没有烦恼，贫穷的人以为有了钱就可以得到幸福。结果是，有烦恼的依旧难销烦恼，不幸福的仍然难得幸福。

烦恼，永远是寻找幸福的人命中的劫数。

寻找幸福的人，有两类。一类像是在登山，他们以为人生最大的幸福在山顶，于是，气喘吁吁，穷尽一生去攀登。却发现，永远登不到顶，最终看不到头。他们并不知道，其实，幸福这座山，原本就没有顶没有头。

另一类人也像在登山，但他们并不刻意要登到哪里。一路上走走停停，看看流岚，赏赏虹霓，吹吹清风，心灵在放松中，得到某种自足。

尽管不得大愉悦，然而，这些琐碎而细微的小自在，萦绕于心扉，一样芬芳身心，恬静自我。

对于心灵来说，人奋斗一辈子，如果最终能挣得个终日快乐，就已经实现了生命最本质的价值。

有的人本来幸福着，却看起来很烦恼；有的人本来该烦恼，却看起来很幸福。

活得糊涂的人，容易幸福；活得清醒的人，容易烦恼。这是因为，清醒的人看得太真切，一较真，生活中便烦恼遍地；而糊涂的人，计较得少，虽然活得简单粗糙，却因此觅得了人生的大滋味。

所以，人生的烦恼是自找的。不是烦恼离不开你，而是你撇不下它。

这个世界，为什么烦恼的都有。为权，为钱，为名，为利，人人行色匆匆，背上背着这个沉重的布囊，装得越多，牵累得也就越多。

几乎所有的人都在追逐着人生的幸福。然而，就像卞之琳《断章》诗所写的那样，我们常常看到的风景是：一个人总在仰望和羡慕着别人的幸福，一回头，却发现，自己正被别人仰望和羡慕着。

其实，谁都是幸福的。只是，你的幸福，常常感受在别人心里。

拿什么来颠覆人生

1

我觉得，人生至境，不外乎两个：一个是知道，一个是知足。

知道，让人活得明白；知足，让人活得平和。

2

你的内心有多复杂，这个世界就有多复杂。

也就是说，你简单了，这个世界也就简单了。

3

快乐淡而易逝，像风过疏林，像岚走村寨，像云散岫峦。

从踪迹上看，那些琐碎的快乐，像留在雪地上的印痕，最不容易在心底留下。这多多少少又有点像感冒。一个人，一生要感冒好多次，又有谁，记住过一次刻骨铭心的感冒呢。

4

人生最美的风景，不是得到多少，而是得到多少都不在乎。

是的，一颗平常心，不会是对抗潜伏在生活中的那些城府、机关、权谋、陷阱的利器，却是降解人生苦痛、营造平和心境的良药。

5

有的人，只在你的生活中存在了几分钟，就让你一辈子都忘不了。

有的人，与你共事一辈子，一转身就可以把他忘得干干净净。

这个世界的无奈之处在于：你可以有无数的熟人，却难得一个契合心灵的知己。

6

有时候，钱比人来得实在。

在最要紧的时候，你把它花在刀刃上，它就立竿见影，帮你的忙。不虚伪，不拿捏，不刁难。钱的最大好处就是，你可以随便利用它，它却永远不算计你。

7

随波逐流的人是没有主见，自以为是的人是太有主见。

但我更喜欢随波逐流的人。

因为，随波逐流的人最多走向平庸，而自以为是的人常常走向固执。

平庸带来的最多是一个人的悲剧，而固执往往会给一群人带来悲剧。

8

一个学生问我，老师，社会中一些阴暗的东西，总是留存在我的心里，挥之不去，我该怎么办？

我说，你不要把它扔掉。如果你真的把它扔掉了，你自己是轻松了，可是，你从此会丢掉一个人活在这个世界上最重要的东西——责任。

9

人情，是温暖的东西，也是最坏的东西。

规矩，制度，法令，这些看起来无懈可击的游戏规则，一旦遇上人情，立刻会在某一个链条上土崩瓦解。

再完美的游戏规则，在一个太讲人情的社会里，都会是纸糊的规则。因为，人情，原本是一缸深不见底的水，更多的时候，它不动声色，摧毁的，却是这个世界最严密最坚固的东西。

10

我不担心尘世间有仇怨。我只担心没有超越仇怨的智慧。

当然了，不是谁都能相逢一笑泯恩仇的。但没有谁不在智慧的引领下，消除恩怨，言归于好的。

说到底，仇怨是没有智慧的人结下的，只能靠有智慧的人来解决。

11

爱一个人和恨一个人，都会伤筋动骨的。

这个尘世，有人在爱，有人在恨，爱的人爱得死去活来，恨的人恨得痛彻肝肺。从表面上看，尘世似乎不痛不痒，清风一阵，润雨一阵，在波澜不惊中，过一天又一天。

但爱与恨，是缝合在尘世这件棉衫上的针脚，一针暖，一针凉，暖的薄暖，凉的沁凉，暖暖凉凉中，这个尘世便有了珍贵的温度。

12

对有距离的东西，我们总是豁达的。

譬如，隔着时光回望过去，我们的胸襟最阔大，似乎没有理解不过去的事，没有宽容不了的人。然而，一拿到当下，便小肚鸡肠起来，争利益寸土不让，逢仇怨睚眦必报，谈得失锱铢必较。

站在大胸襟肩膀上的，是大智慧；窝在小肚鸡肠里的，只会是小聪明。

13

人心是无法把握的。

金钱，权势，美色，这些荡漾在时光里的香风艳酿，会逗引它，宕动它、迷乱它、蛊惑它，扭曲它。

于是，尘世的风烟里，有的人，因此而乱了方寸，松了心志，散了精气，说了昏话，走了锐眼，信了偏言，行了憾事，昧了良心，做了罪人。

煌煌一部人类历史，浮华与靡俗都可以随风逝尽，但，大是大非，大真大伪，大善大恶，大忠大奸，大拙朴与大机巧，却在岁月的大幕上公正地留存了下来。

也就是说，无论你如何去蛊惑它、迷乱它，扭曲它，人心里有一样东西是永远不被摧毁的，那就是心底的道德与正义的天平。

在安静中盛享人生的清凉

　　无欲的生命是安静的。

　　我见过一匹马在槽枥之间的静立，也见过一头雄狮在草原上的静卧，甚至是一只鸟，从一根斜枝扑棱棱飞到另一根斜枝上，呈现出的，都是博大的安静。

　　一切外在的物质形式，如槽枥之间的草料，草原之上的猎物，斜枝之外的飞虫，在安静生命的眼中，像风中的浮云。一个安静的生命舍得丢下尘世间的一切，譬如荣誉，恩宠，权势，奢靡，繁华，他们因为舍得，所以淡泊，因为淡泊，所以安静，他们无意去抵制尘世的枯燥与贫乏，只是想静享内心中的蓬勃与丰富。

　　夏日的晚上，我曾经长久地观察过壁虎，这些小小的家伙，在捕食之前最好的隐匿，就是藏身于寂静里。墙壁是静的，昏暗的灯光是静的，扑向灯光的蛾子的飞翔是静的，壁虎蛰伏的身子也是静的，那是一幅优美素淡的夏夜图。只是壁虎四足上潜着的一点杀机，为整幅画添了一丝残忍，也添了一些心疼。也正因为这样，我没有看到过真正安静的壁虎。

安静的姿态是美的。蹲坐在云冈石窟里的慈祥的大佛，敦煌壁画里衣袂飘举的飞天，一棵虬枝盘旋的古树，两片拱土而出的新芽，庭院里晒太阳的老人，柴扉前倚门含羞的女子，这些姿态要么已看破红尘，要么正纯净无邪，恰是因为这些，它（他）们或平和，宁静，恬淡，宠辱不动；或纯真，灵动，洁净，不沾染一尘世俗，于是便呈现给这个世界最美的姿态。

真正的安静，来自内心。一颗躁动的心，无论幽居于深山，还是隐没在古刹，都无法安静下来。正如一棵树，红尘中极细的风，物质世界极小的雨，都会引起一树枝柯的窘动、迷乱，不论这棵树是置身在庭院，还是独立于荒野。所以，你的心最好不是招摇的枝柯，而是静默的根系，深藏在地下，不为尘世的一切所蛊惑，只追求自身的简单和丰富。

有一天，我去拜会一位遭受了命运挫折的老人。他正端坐在沙发深处，没有看书，没有写书法，只是端坐在那里，甚至都看不到他做任何的思考。我和先生攀谈着，一些陈年往事逐渐勾起了老人的回忆。当他谈到差一点被造反派殴打致死这一段时，老人语速平缓从容，脸上平静得没有一丝的波澜。这种平静，不是来自岁月的老练和世故，而是来自命运磨难后的超然与豁达。下午的阳光斜照进来，地板上，四壁上，横竖都是窗框投射下的沉重的影子。空气中，一个安静生命的内核在浮沉中发出金属的脆响。

这不由使我想起小时候，一个有月亮的晚上，父亲坐在山梁上吹笛子。一川的溪水，在月光下荡着清幽的光，远山黑黢黢的，村庄黑黢黢的，父亲的笛声婉转，旷远，悠扬，那一晚，山是安静的，水是安静的，村庄是安静的。

　　我想说的是，只有在自然身上，我们才能得到最厚重最原始的安静。

良知，是荷底的风声

一本传记里，一位老人给我留下了深刻的印象。

老人是一位医术精湛的医生，虽然身居闹市，但他一生中待的最多的地方是乡村。他所结识的人当中，最多的不是高官政要，不是富豪商贾，而是偏僻乡村的那些农民。

穷人看不起病，他们更需要帮助。这是老人说得最多的一句话。他说，只有在乡下，他才会心安。于是，乡下的田间地头，茅檐瓦舍下，矮床土炕上，到处都有他为农民看病的身影。农民们说，我们不敬神，他是我们唯一尊奉的客人。

他死之后，好多人为他去送葬。他的墓碑上刻着这样一句话：一个有爱的人，他已经睡着了；但一个医生的良知，却永远醒在这个世界上。

在那个贫苦的年代，有一家人穷得揭不开锅，老人孩子饿得奄奄一息。亲戚朋友们都躲得远远的，生怕这家人向他们伸出手，乞要什么。然而，一位平素与这家人交往不多的邻居，却拿出自己仅有的一袋米，分出一半，给了这家人。很快，这个邻居也无米下锅，孩子饿得嗷嗷直叫。有人笑话这个邻居，说他傻。哪知，这个邻居瞪大眼睛说，他们饿得快不行了，我拿出粮食给他们吃，傻在哪里？

我所认识的一位基层的人大代表，因为关心民生疾苦，深得人们的拥戴。在每一次会议上，他提的问题，都以尖锐而闻名。他说，我不怕得罪人，我是人民选出来的代表，就要为人民说话。他说，他最喜欢一位作家写过的一首诗，好多次，我都听到过他铿锵有力的朗诵：

如果，这个世界都近视了，
我愿站在高处，握住你的手，
告诉你我看到的一切。
如果，这个世界的耳朵都被堵塞了，
我愿变成风，掠过你的耳底，
亲口说出真相。
如果，这个世界被扭曲了，
我愿站直自己，挺起骨骼和灵魂。
我的血脉里奔涌着良知，
而良知，是照彻穹宇的闪电……

一个有良知的人，常常醒在这个世界上，为他人的疼痛醒着，为他人的苦难醒着。他们，疼痛着别人的疼痛，牵挂着别人的苦难，吃不下，睡不着，寝食不安。所以，一个有良知的人，不会是一个自私的生命，他们有着强烈的责任感和使命感，心怀天下，悲悯苍生。

良知，是荷底的风声。一阵清风刮过，满池的翠荷，摇曳生姿，楚楚动人，流转飘摇出生命之大美。而一个人的良知，也像这荷底的风声啊，你看，与它相伴的人，都是行走在这个世界上的最美的生命。

一只山羊跳过田埂

那是一只年轻的山羊，通体黑色，只在它的嘴唇处，透露着一丝的白。

它混迹于一群羊之中，在一群羊的夹缝中活着，它一刻不息地奔走，却没有自己的方向。头羊为所有的羊安排好了一切，其中也包括这只山羊一生的目标。生活中，除了它的父母、亲戚、长辈，还有一些看不见的东西，把它看得死死的，它没有丝毫的自由。它每天要做的事情就是混杂在一群羊后头，驯服地前行，像云彩一般，从一块田地倏忽间飘移到另一块田地，从一面土坡辗转到另一面土坡。

即便这样，这只山羊还是显示出与众不同的样子来。视线里，所有的羊们都低着头，都习惯地低着头，伏成一种吃草的姿势，一种亲近大地的方式。然而它不，它在行进中高昂着头，端视着远方，仪态卓尔不群，气质儒雅不俗。这在一群羊当中，是那么惹眼，那么醒目，那么特立独行。它知道，它的终身要依附于大地，它的前身后世，它最终的背影也都将消散在这一片大地上，所以它无意背叛大地。只是，生命中另外的一些风景等着它，去亲近，去沟通，去发现。譬如，它一抬头，就很容易地亲近了一缕风，亲近了一只飞在高处的昆虫，亲近了一片还没来得及飞走的云，甚至，它因此而亲近了整个天空。它发现，遥远的天空其实很近，天空对善意亲近它的人没有距离。

在羊们的眼里，偌大的一片原野，只是为长草而存在的，平的地方叫草地，高的地方叫草坡。它们在这片田野上奔波，只是为草而奔波。这只羊却不同，虽然它的胎盘里永恒地涌动着草的气息，但那只是它生命中涌动的一部分。有时候，它会趁头羊不备，突然独辟蹊径跑到另一条路上去，一直跑出很远；有时候，另外的羊在一片肥美的草地上匆忙吃草，它却长时间站立不动，凝神远望；有好几次，其他的羊已经走出很远了，它却不着急，故意落下一段距离来悠闲地散步；在这一大群羊当中，它只有亲戚，没有朋友，它孤单，却并不显寂寞，它影只，却不显凄绝，它在自我的世界里丰富着，它在内心的广阔中蓬勃着。

这是一只普通的山羊，身子娇小而健壮，它并没有在自己任何外在的部分显示出与众不同来。它一样被农人圈在圈里，一样受到鞭子的指斥和吆喝，一样早出晚归。它记住了一些羊，也忘记了一些羊，一些羊来了，又有一些羊走了，生命的来来往往它已经习以为常。它知道什么该擦肩而过，什么该一生相拥，什么该紧紧守住，什么该淡淡丢弃。于是，它的不同，在智慧里，在思想中，在灵魂深处，或漫步，或跳跃，或飞翔，让自我的心灵更加散淡，更加活泼，浮沉无我，止去自由。

就是这只让人陌生而又熟悉的山羊，我见它最后一面的时候，它正在乡村的一片原野上，随着一群羊从一块田地迁徙到另一块田地里去。它们正要攀过一条田埂，其他的羊耐心，持重，四平八稳，移动着碎步，移前脚，跟后脚，琐碎的几步之后，才到了田埂的另一头。而它，只是轻轻地一跃，像一个自由的精灵，在我的视线里划出一道清浅而优雅的黑影来，极短促，只是淡淡的一闪，却给那方空间留下了我平生所见到的最美的影像。

一败涂地的酒

1

我做人最失败的地方是不会喝酒。

酒席宴上，人家要与我喝酒，我说喝不了，人家就说我不实在。更失败的地方是，我是个不愿为酒而卖命的人，别人劝酒的时候，我咬紧牙关，誓死不喝，因此，就得罪了更多的人。

有人劝我转行，我思虑再三，不敢成行。我不想自己还没去呢，就先得罪了新单位的领导。于是，我只好教书，学生清清静静的，除了愿和我谈论诗词，没有人劝我推杯换盏。

我喜欢这种简单与纯粹。

朋友说，你真是放不开，看人家李白，斗酒诗百篇呢。说到这一点，我最恨李白，他成全了许多酒鬼，也坑害了许多不喜欢喝酒的人。

2

酒场上，我还胜过一次。

那时，我正20多岁，还算年轻气盛。那人欺我不能喝酒，说，我半杯白酒，你一杯啤酒，咱俩喝下去，看谁喝倒谁。

我说，喝就喝。

那一次，其实，也没喝多少，那人就哇哇地吐了。我呢，居然岿然不动。我内心有些阿Q的得意，心里说，活该！

多少年后，我想起这件事，觉得，那天，无论喝坏谁，都不是一件好事。

3

有人说，一人不喝酒，二人不赌钱。

恰恰我以为，独酌是喝酒至美的一种境界。

我乡下有一个亲戚，喝了一辈子的酒，每次吃饭的时候，只喝一盅。一杯下去，声朗气润，满面春风。我从来没有听说他因为喝酒红过脸，吵过架，撒过酒风。

我认为，只要不劝，随意着喝，所有的酒，都会流转在人体最熨帖的位置上。

4

或许，嗜酒的人与厌酒的人，看谁都不顺眼。

厌酒的人心里想，这个人，活一辈子就会喝酒，真没出息；而嗜酒的人呢，也会说，这家伙，混了一辈子不会喝酒，真没出息。

这就是价值观。

然而，中国是个讲究喝酒的国度，好多时候，好多事情都是在酒筵中促成的。从这个意义上讲，没出息的人，居然办成了许多有出息的事。而有出息的人，却坐享其成。

5

竹林七贤是嗜酒的，刘伶一天到晚，烂醉于酒中，他让一个扛着铁锹的仆人跟在身后，说，死便埋我。这种烂醉，是对当时社会的一种反抗。

李清照也是嗜酒的。三杯两盏淡酒，怎敌他，晚来风急。晚年的李清照借酒消愁，用酒来打发国破家亡凄冷寂寞的寡居时光。

多少古人，都是借酒来麻醉自己，来消解内心的愁苦。在这样失意落魄的境地中，酒是冰冷的温暖，是无奈的支撑，是生命底处的最后一点慰藉。

我们只有理解了这酒中的愁苦，才能算真正懂得了古人的内心。

6

酒徒都是在劝酒中成长起来的。

如果，酒场是战场的话，酒徒就是出生入死的将军，横刀立马，威风凛凛。

但我相信，这个世界，有很多不愿做酒徒的人，他们只是为了生活，为了生计，违心地去为领导陪酒，为单位陪酒，为生活背后的一笔笔交易而陪酒。

他们强咽下去的不是酒，而是人生的毒药。

你可以是最漂亮的人

1

天底下没有丑陋的人。

是的，只要心情好，你永远都是漂亮的。

2

不要在背后对别人耍手段和玩伎俩，尤其是不要当着人的面，以这种方式显示自己的聪明与高明。

哪怕这个人是你最亲的亲人，最知己的朋友。

因为，没有人会把无耻当作聪明，也没有人喜欢貌似高明的无耻。

3

人生的好坏是比较出来的，心情的好坏也是比较出来的。

智者，是善于比较的人；庸者，是忙于比较的人。

智者乐于向下比，庸者喜欢向上比，于是，常常看到的结果是，智者有数不清的幸福，庸者有没完没了的烦恼。

4

只要不盲目攀比，只要不过分贪婪，每个人都能寻找到内心的自足感。一颗颗自足的心，就是人世间的一味味镇静剂，只要按捺住心底的喧嚣与浮躁，整个尘世就会为你安静下来。

而快乐，是精神世界的天籁，只有沉静下来的心，才能够听得到。

5

贪婪是一粒火柴头，看起来，它是那么小，却可以毁掉整个世界。

这是贪婪的可怕之处。

一个贪婪的人，即便他拥有了整个世界，他也不会觉得多。因为，一颗贪婪的心，永远比这个世界大。

6

合适的人生位置，既不靠近钱，也不靠近权，而是靠近灵魂。

无论你最后挣了多少钱，拥有了多高的职位，你发现，你最终追寻的，只是一个能够安妥灵魂的地方。

我们仰望伟大的人，是因为他们在崇高的位置上。崇高是一种力量，它指引人走向更接近人类理想的位置。

即便是一颗黯淡的星星，也要想着把自己镶嵌在璀璨的夜空。

7

浮沉的命运容易产生哲学，跌宕的爱情容易孕育诗歌。

一个哲学家，无论对生命有多么深刻的认识，如果自己没有经过浮沉命运的历练，不会是一个真正的哲学家。

一个诗人，无论写过多少醉人的诗歌，如果没有经过跌宕爱情的濡染，难以拥有一颗真正的诗心。

一个从浮沉的命运中走过来的人，一个经历过跌宕爱情的人，即便他们不说什么，不写什么，他们也会是一个深刻的哲学家，一个真正的诗人。

8

一个人在成年以后，最难的，是认识自己，以及改变自己。

其实，好多人，好多话，好多事，都是我们认识自己的一面镜子。是的，我们并不缺乏镜子，更多的时候，我们缺乏的，是照镜子的勇气，以及揽镜自照的习惯。

当然了，一个从来都没有照过镜子的人，他看不到自己的丑陋，也意识不到自己的庸俗，难免就会变得自恃和顽固，从而，难以改变。

9

谁都愿意看到笑脸，哪怕，只是一个职业的笑容。

一个人离微笑越近，他的内心，就离天使越近。

不要耍坏脾气，不要传递坏情绪，不要示人坏心情，在人际交往中，这本身，就是一种极高的修养。

贪婪者自有命运

1

朋友相亲无数，一个也没成。

有几次，我们都觉得差不多了，论长相，论工作，女方都配得上他。结果，又告吹了。我们厉声责问，起初他不说。后来，极狡黠地给了一个答案：我想看看下一个怎么样。

相个亲也这么贪婪。

朋友纯属屌丝一枚。大家都劝他不要那么挑。三十是个坎儿，过去后就不好找了。结果，他真的过去了。

成了剩男。

当然，他最后也有情人终成了眷属。对方是个剩女，没得挑，就一个，他义无反顾地要了。见的人都说，之前遇到的无数个，都比这个强。

这个事，该怎么说呢。说得恶狠狠一点，贪婪者自有贪婪者的命运吧。

2

书法家给一个人题词，两个字：知止。

结果呢，"知"字写得硕大，"止"字略显卑琐，总之，凑在一起，有些不和谐。那个人一脸的不高兴，说，还书法家呢，写得这是个啥！

当然，他有资格这么挑剔。他位高权重，颐指气使惯了。只是碍于书法家的面子，没有当面发作出来。

但他还是裱了起来。他知道，这两个字将来要值钱。

只是，还没有等到字值钱，他先进去了。他犯的是那个位置上很多人容易犯的毛病：贪腐。

是的，知道的人都说，这个人太贪婪了。书法家却另有高论：他不是败在贪上，而是败在贪而不知上，你看，我把"知"字写得那么大，可惜，他没有看懂。

这个世界，但凡贪婪的人，又有几个能懂呢？

3

大学图书馆阅览室的书架是开放的，他每次去，总要一口气拿好几本杂志。

辅导员实在看不惯。有一次，见他桌上厚厚的一摞杂志，说，你拿再多，也不是得一本一本地看，绅士点不行吗？

他的脸被说得红一阵白一阵的。但下次去了，依然这样。辅导员也没了辙。当然了，最后，他也并没有靠多读杂志，把自己读成个学富五车的什么家。

大学毕业后，他分在了一家工厂的车间里。问题来了，谁也不愿意跟他搭伴成为一组。大家都说，分活的时候，他总嫌自己分得多，分红的时候，又只嫌自己分得少。

分到哪一个组，哪一个组的人都不给他好脸色。就这样，尴尬地活过一年又一年。

毛病还是改不掉。譬如，车间里有个手套箱，大家都是每人拿一副，用坏了，再直接取就是了，有的是。然而，他却不，总喜欢一次拿了好几双，放在自己的工作台上。

还是年长的师傅一针见血：他要的，不是那几副手套，他要的是占有的乐趣啊。

4

她是诗人，写了好多脍炙人口的诗作。

有人喜欢她的诗，要她去做报告。她去了，讲诗歌，讲人生。她喜欢所有的目光聚焦在身上的灼热感。

后来，她热衷于到更大的舞台上去做报告。她喜欢潮水般的掌声，喜欢坐在高高的台子上，俯身于万众的那种居高临下之感。

走过一个又一个地方，那些话，那些诗歌，都讲滥了，但她讲得津津有味，而且，沉陷在这种美好感受中不能自拔。

她演讲的名声越来越大，诗作却越写越少。她已经忘记自己出发时是个诗人，在这条路上越走越远。

她还在四处演讲，还要到更多的地方演讲。但，诗人已经死了。

偏酸与弱碱

1

我从来不否认自己的庸常与世俗。

我觉得，有些东西不用去装，也不值得去装。人类的身上，包裹了多重的画皮，已经够累，够沉重。一个人，活得越虚荣，就会越疲惫。所以，我脱掉它，这样，好在裸露的灵魂中，看清自己。

2

终老时，那个还与你嘘寒问暖的人，才是你真的朋友。危急时，那些成全了你或救助过他人的钞票，才是你挣下的钱。

此前，不论你身边曾簇拥过多少人，都是过客；不论你存折上的尾数曾拥有过多少个零，都是烟云。

3

交往，在一定程度上，就是在改变自己。

最好的交往，到最后，不是让自己变得八面玲珑，而是变得至真至善。

4

不要急于表达你的愤怒，在事实还没有搞清楚之前。

即便，事后，证明你是对的，我相信，有涵养的表达比鲁莽的冲动，更具有征服人心的力量。

5

猜疑，最伤人。

有些事，若风过耳际，如云擦林梢，转眼间，声消影散，踪迹难觅。然而，就是在这些事情上，猜疑者不是疑神疑鬼，就是装神弄鬼，最后，乱了自己，伤了别人。

猜疑，可以让父子反目成仇，可以让夫妻分崩离析，可以让朋友形同陌路。猜疑，摧垮的不仅是信任的链条，更是情感的链条。在猜疑者身上，我们常窥到人性深处的险恶，有时候，人性的险恶，比世事的险恶，更凶残，更容易叫人伤筋动骨。

6

我觉得，诚恳地面对错误，与执着地坚守真理，一样优雅。当然了，肯为仇怨放手，与能为所爱痴狂，一样迷人。

7

善良，不是完美。但，善良会成全完美。

善良的美德，是悲悯与心疼。善良的人，眼神是柔软的，心灵是柔软的，灵魂是柔软的。他们用柔软，俘虏了整个尘世的良心。

器　小

　　器小的人，眼光浅近，肚量猥小，境界促狭。

　　从心灵的格调来看，大气的人像一棵巨树，长在旷野里，苍劲，宏阔，气势雄浑磅礴；而器小的人，像一株植物，一头扎进了瓶子里，无论怎么长，也别别扭扭的，屈曲，琐缩，难见气象。

　　器小的人，举手也能摇曳生姿，投足也会潋滟动人。也就是说，在平常的环节上，器小之势是显露不出来的。只在决断大事，运筹帷幄之时，器小之拙，器小之弊，器小之害，才会呈现。其情势，不过是满胸的狭隘之气，塞了心，走了眼，坏了事，毁了人，误了前程。

　　元末，狼烟四起，群雄割据。朱元璋在评价对手张士诚时，说，这个人，器小，不足畏。张士诚果败。

　　大气行天地，器小难容人。故此，大气易成丈夫之英武，器小常养小人之叵测。与器小的人交往，是有风险的，因为这样的心，最难忖度，一转眼，就可能生隙，一转身，就可能积怨，刚才还与你欢声笑语呢，突然间，就会翻脸不认人。

我亲见一个人，被器小的人捉弄。那一刻，尽管他满腔愤怒，却像一只秋虫，被突然踩住了脖子。因为，他发现，面对器小的人，即便有万语千言，一切，都不值得说了。

豁达、包容、大度，是这个世间最让人欣赏和仰望的气质，器小处其中，像贾环站立在贾府一大群脂粉英雄之中，举止荒疏，形容卑琐，像个小丑。器小的人难以赢得真朋友。因为，没有谁愿意给自己找别扭，一段路走着走着，突然陷入一截子死胡同当中去，堵死自己。即便是器小的人彼此之间，也是很难融合的，针尖对麦芒，谁也看不上谁。

器小的人，居高位，是天下贤才的悲剧，也是时代的悲剧。当然了，若不能从这种心性中走出来，也最终是器小的人本身的悲剧。

其实，胸襟再通达一些，眼界再高阔一些，得失心再淡泊一些，器小之局限就会有很大的改观。但，恰恰这些，不是所有的人都能做得到。器小，虽说病在境界上，其实根源坏在自私上。是的，自私，毁了人世间许多美好的东西。

从这个意义上讲，自私，是人类永恒的毒药。

《世说新语》对王戎颇有微词，"王戎有好李，卖之，恐人得其种，恒钻其核"。什么意思呢？就是说，王戎家有好李子，卖的时候，他怕别人得到好种子，于是，在每一个李核上面都钻了孔。

这样看来，王戎虽贵为"竹林七贤"之一，却也是一个器小的人。

且看这尘世淡淡薄凉

1

有一次，我的心情很糟糕，我发现，所有的心思都在这件糟糕的事情上，放不下，挣脱不了。

自以为自己是一个能够把事情看开的人，但事到临头，并不能说服自己。

也因此，我不敢说，看清了这个尘世，以及这个尘世里的人。

是的，连自己都看不清楚，怎么敢说看清了这个尘世呢。

2

每届新生来，总有几个调皮捣蛋的学生，搅扰着班里不得安宁。

我也亲见，年轻的老师，被这些孩子气得哭哭啼啼。

当时，他们就是害群之马，没有得到过好脸色，好言语，好态度。

然而，毕业之后，好多年，最能够记住老师的，最想回报老师的，常常又是他们。

他们只是心灵蒙了尘，当岁月把一切擦亮之后，那些曾经拂拭过的手，都会成为他们心底里，永恒的仰望。

3

"上岁数了，有些糊涂了，我现在什么也记不住。"

"是，我也是。"同事见我抱着本《幼学琼林》读，他一叹，我呢，就这么跟着有一搭无一搭地相应和。

"前两个月刚看完本杂志，今天重读，好多文章竟然好像没读过一样"，他接着兴叹，"唉，这样也好，下半辈子就守着这一本杂志看就行了，每次看，都是新杂志。"

我笑，他也笑。哈哈哈，满屋子的笑声。

之后，便是长时间的静寂。

那一刻，我们的年华，在凝固的空气中，倏然老去。

4

我的座位，紧邻着办公室的窗户。

冬日的下午，日影西斜，阳光隔着玻璃照进来，大部分落在墙上，而我的椅子，又紧倚着墙，于是，我便沐浴在这暖融融的阳光中了。

这时候，我或者看几页书，或者什么也不做，眯着眼打盹。暖阳，像婴儿的小脚，在我的面颊、耳根、发梢以及眉眼鼻翼间徜徉，柔柔的，茸茸的，屏声敛息。窗台下，是一组暖气，烧得烫热，暖气管里的水声，哗啦啦，大一阵小一阵的，仿佛夏日的溪流，暖簌簌，温润润，直流淌到血液里，说不出的熨帖与温暖。

好多个冬天，生活匆匆的，什么也留不下，但这份感受却一直在我的心里。我以为，我安享到了人生的大意趣大滋味。

5

十年前，她是个青葱少女。温婉，娇媚，顾盼神飞。

好多人追过她，好多人暗恋过她，好多人在心中，为她癫狂。

尤其是他。

那天，雨后，泥泞的大街上，他看到了十年以后的她。她正接孩子回来，自行车后座上孩子在哭，她无暇顾及；车轮飞溅起的泥点，落满了她的两条裤腿。

她也看到了他，一刹的惊愕："你，你在这里……"

他："你，这是……"

"哦，我得赶紧走。这孩子，真闹，再见……"她匆匆和他打了个招呼，仓皇中，她用手轻挽了一下刘海——还是十年前美丽的动作，然而，刘海下的她，已是满脸的沧桑！

望着她的背影，他呆了。仿佛突然间，岁月扔到了他心上一块硬石，有说不尽的痛，以及苍凉。

6

我喜欢过两个人的画。

一个人叫贾平凹，一个人叫二刚。

贾平凹的那幅画，叫《向鱼问水》；二刚的那幅画，叫《坐茂树之阴以终日》。说实话，我是赏画的门外汉，这两幅画，除了畅快淋漓的写意外，我并没看出多少超拔之处。

其实，我是喜欢上了这两个题目，以及这题目背后传达出的人生意趣。

这意趣，实在是两个人心底的禅意啊。这禅意，若婴孩的小手指，那柔软的温度，一下子触到了，所有人心底的寂寞。

爱与相爱

爱与相爱

1

爱情，是这个世界最大的奇迹。奇迹的意思是，相逢本身就毫无预料，相爱更是匪夷所思。一个生命与另一个生命，以爱的方式相伴走过，山一程，水一程，最是难以巧合的缘分。

2

对于爱情，所谓的命定，就是没有早一步，没有晚一步，无论什么时候到来，都是最适宜的。

或者，换一种方式理解就是，它早就为相爱的人等在那里，只待他们，在各自的路上，马不停蹄地相逢。

3

最真的爱，是不被利用的。它简单，纯粹，澄澈，没沾染世俗的一点尘杂。也就是说，在真爱面前，除了爱，双方别无所求。也基于此，最真的相爱，没有对与错之分，因为，超越于世俗之上的美与真，已经无须再用世俗的标准来评判。

4

没有为爱痛过，就一定没有真正地爱过。

爱得肝肠寸断，爱得死去活来，爱得痛彻心扉，一切关于痛苦的字眼，用在爱上都不为过。爱的本质是快乐，痛苦不是走到了它的对面，而是用这种艰难的方式去解释快乐。

爱的左右手，一会儿会为你摊开快乐，一会儿又让你攥紧痛苦，其实，爱的真正愉悦，既不是单纯的快乐，也不是单纯的痛苦，而是左右手，十指相扣的瞬间。

5

生命的质量，在一定意义上，是爱的质量。

被爱滋润的生命，会从内到外，散发出迷人的气质。魂，不守舍，不是出走，而是回归，不是离散，而是聚合。在这一刻，人内在精神的愉悦感，与灵魂的富有感，会水乳交融地结合在一起。也就是说，只有在这一刻，奔波在生活中的很苦很疲惫的心灵，才会被温暖呵护，被激情润泽，被幸福抚慰，才会真正走进生命的原乡。

6

有的人，周旋在爱之间，只是为欲望奔波了一辈子，却没有为爱真正投入过一次。

占有，是爱的共同归宿。但同样是占有，真正的爱，是从身体交欢，走向两情缱绻，并最终走向灵魂相悦。

7

相思，该怎么去理解呢？

就是烛灭了，灯亮了；灯灭了，月上了；月隐了，朝暾出了；夕阳尽了，大地暗了，心亮了。

相思，其实是不灭的煎熬。

8

相爱是莫名其妙的，相爱的人是莫名其妙的，相爱的痛是莫名其妙的，相爱的喜悦是莫名其妙的。

莫名其妙是什么意思呢，就是说不清，道不明，放不下，摆脱不了。

9

在爱情面前，没有圣贤，只有一个一个鲜活的肉体凡胎。

如果在一份爱面前，你一念不起，寸心不乱，八风不动，不是手中已拥有一份真爱，就是根本没有遇到过真爱。

在真爱面前，只有两种结果：一是全情投入，一是无奈错过。

10

爱一个人，默默地爱了好多年，最终没有表白。

这种爱，最是凄清而壮美。对山哭一场，对水哭一场，对春哭一场，对秋哭一场，哭过，笑笑，说，放下吧。但最终，山水能放下，春秋能放下，心底的人，放不下。

这种爱，注定是一辈子的欢喜，与一辈子的，苍凉吧。

爱与被爱

1

　　人是渴望爱与被爱的。无论是崇高的灵魂，还是丑陋的内心，无论是好人还是坏人，在心性深处，都是仰望与尊崇爱的。阳光打在脸上，温暖留在心里。

　　如果抽取了爱，好人依旧会好，但会干瘪；坏人会愈发地坏，会坏得没有一点温度。没有爱的世界，天黑了，四下里，一片死寂荒凉。

2

　　爱一个人是幸福的，被一个人爱也是幸福的。幸福的感受是，你一下子突然闯入另一个生命之中，毫无预兆，又猝不及防，陌生而惊奇，羞涩而惊悸，慌乱而惊喜。

　　只有在爱中，你才发现，无爱的灵魂，原来是那么孤独。也只有在爱中，你才发现，孤独的灵魂，多么需要另一个灵魂来守护和陪伴。

最好的爱，走到最后，其实是灵魂的相依为命。

3

一切纯净纯粹真挚的爱都是没有错的。纯净，是除了爱，没有任何其他目的；纯粹，是指爱的生发，不来自怜悯与同情。真挚，是用情至深，用心炽烈，并两情相悦。

爱的轰轰烈烈，是说你倾尽生命，可以一千次一万次地爱同一个人，而不是无节制地爱一千个人，爱一万个人。这个世界，泛滥的，是欲望，不是爱。

为爱痴狂，说的是爱得专注与深刻，爱得执着而忘我，爱得义无反顾且九死一生。我相信，伟大的爱一定可以地老天荒，就像这个尘世可以地老天荒一样。

尘世是什么呢。或许，有爱绵延的地方，才叫尘世吧。

4

此情无计可消除，眉间心上。

这就是最爱的人的位置。即便相隔千里万里，纵使时光流逝，你的牵挂在那里，你的喜欢在那里，你的心疼在那里，你的爱在那里，不多也不少，不增也不减。

有时候，你把自己都忘了，你把这个世界都忘了，但心底里，还会有一个人不屈不挠地在，这个人，一定是你最爱最爱的人。

5

这个世界，无论多么博大的心，在爱上，是自私的。

越爱，就会越在乎，越在乎，就会越不容他人。当一颗开阔的心，已变成了针眼大小，那这颗心，一定是沉浸并缱绻在了爱中，并为之百转千回。

6

不要去欺骗真心去爱的人，你欺骗了他（她），最后，对方不仅会不相信你，而且，还会不相信这个世界。

一颗真心，你可以去成全它，可以去劝勉它，可以去抚慰它，当然了，你也可以去拒绝它。但，你就是不能去玩弄它，欺骗它。

你欺骗了真，你就欺负了这个世界的真。你把一盆脏水泼给这个世界，最终污损的，是自己。

7

爱到最后，所有的情还要从单纯的耳鬓厮磨、缠绵悱恻走出来，再聚拢到另一处，变成生命里不绝的心疼和牵挂。懂得心疼所爱的人，爱，才从激荡的情感回到了沉静的生命之中。

最美的相爱，闪烁着情感缠绵与生命牵挂的双重光华。

8

爱的最大谎言是：我没空。若是不爱了，就只剩敷衍了，就只剩没空了。

爱与痛

1

有一个电话永远不能打出，有一个 QQ 永远不再留言，有一座城市永远不愿张望，有一个名字永远不敢念出。

有一个人，在你心头待了很多年，待久了，心的一角，已经成了他的家。

这个家，在暖阳下，在月光下，在烟霭中，在风雨中，好多年，你小心呵护，却只可远望，不敢走近。

在爱的距离上，最难的，不是千里万里，不是此岸彼岸，而只是一小步，仅仅一小步的——跨越。

这一步，就是天涯海角，就是此生彼生。

2

如果，爱到最后，成了对方的负累，不是爱得不合适，就是爱得不相称。

若是彼此相爱，若是两情相悦，无论多热烈，无论多粘人，无论多缱绻，都不觉得过。

学会为爱减负，隔着一段距离去爱，隔着一点时间去爱，不要那么近，不必那么急，给双方以轻松和喘息的时间。

如果这样，还会成为对方的负累，请放手，不是你的，不必去追。

3

若爱了，是容易计较的。多一点，少一点，亲一点，疏一点，近一点，远一点，都会很在乎。

且敏感的一方，最容易计较。

爱的天地，是计较小的；爱的针脚，是计较密的；爱的心，是计较疼的。

4

走出爱的痛苦，其中一种方式，是重新找一个人去爱。

曾经爱得肝肠寸断，曾经爱到九死一生，然后，山河破碎。如果是这样，即便最后，真可以找到一个人去爱，这个人，也不过是一个替代品。

这个世界，最真的爱，无可取代。

5

一个女人，可以为爱哭好多场。一个男人，只会为爱哭一场。

女人哭是情动，心动，男人哭是灵魂在动。

所以，这个世界上，若男人哭了，一定是用灵魂在爱着。而且，这场爱，云蒸霞蔚，电闪雷鸣，早已成了他精神天空的一部分。

一辈子，再无人撼动。

6

不要去求证对方是否真的爱过你。

求证本身是痛苦的。为了求证出结果而勉强爱下去，更是一种痛苦。

你若爱，你爱就是了。在彼此的相爱上，没有绝对的对等。你只需明白，爱的甜蜜，有时候，是用爱的痛苦来呈现的。而且，只是呈现，不做解释。

痴狂的爱，迷了眼，迷了脑，迷了心。它的特征是：不被劝解，不能解释。

7

不是所有的爱都能走到最后，哪怕，是很深很深的相爱。

爱到不能爱，也是爱的一部分。因为爱不被成全，这个世界，才有声有色，才荡气回肠。

无论曾经有多爱，分手后，也不要去恨。因爱而生的恨，是这个世界最长的绳索，会捆缚你一辈子。不去恨，既是为他松绑，更是为你松绑。

这样，无论你什么时候回首，只有甜美，没有伤害。

8

若今生不能很好地相爱，那就待来世。

如果，相信有来世的话。

只是，你要做好准备。一者，来世迢遥，前路漫长，你要走得很辛苦。二来呢，你还要想到，来世能不能相遇，相遇之后，还能不能相认。

所以，你要好好去准备。真的。

因为，你可能要为此而用尽余生，所有的爱，以及信念。

9

爱过，哭过，伤过，痛过，然后，挥挥手，微笑告别。

一转身，跟自己说一声：坚强点，放下所有的喜乐与哀愁，重新活过。

爱与不爱

1

爱的时候，彼此深情付出。不爱的时候，彼此深切懂得。

进一步是爱，退一步也是爱。

如此，才不枉深沉地痛过，不负深刻地爱过。

2

一个人，能沉溺地爱，也能痛快地不爱，才是具备了完整的爱的能力。

不是所有的爱都能到最后。爱到不能爱，爱到不必爱，也会是爱的一种结局。能在深爱中清醒地放手，才能在不爱中，理智地为彼此松绑。

3

这个世界上，只有两种人，你与他（她）说话，可以说到不厌，不腻，不绝。这两种人，一是知音，一是恋人。

相爱的时候，一个笑话，一个故事，你可以无数次讲过，对方可以无数次听过。讲的讲到沉醉，听的听到痴迷。这都是正常的。但，倘若不爱了，有时候，哪怕只是半句话，说的说到冰冷，听的听到冰凉。这也都是正常的。

能说多少，肯听多少，便是爱与不爱的区别。

4

去爱一个人，永远没有错。这是你的权利。

但，不是所有的爱，最后，都会拥有对方，得到对方。你有爱的权利，却没有必然得到的权利。懂得了爱是自由的，才是完整地理解了这种权利。

执于欲念地占有，也终会，被这种占有的欲念所伤。

5

爱得对称，才爱得完美。对称的意思是，两情相悦。

不对称的爱，一方越是狂热，越是炽烈，越会是对方沉重的负累。也就是说，不是你拿出了全部的爱，就会得到爱的全部。

一阵风，吹到需要的地方，就是春回两岸；吹到不需要的地方，就是霜冷长天。

6

从陌路到爱，只需一瞬间。从爱到陌路，也只需一瞬间。

爱与不爱，都只是一瞬间的事。不同的是，爱下去，可以把一瞬间的幸福，绵延到一辈子；而不爱，却需要用一辈子的时间，忘掉这一瞬间的痛。

7

爱过，最好不要恨过。余恨绵绵无绝期的人，不值得谈爱。

若是有恨，不必说此前深爱过，因为对不起曾经的九死一生肝肠寸断。若是有恨，不必说此前相逢过，因为对不起曾经的风一程雨一程山盟一程海誓一程。

真正深爱过的心，是一颗包容的心。这颗心可以辽阔到，容纳并接受爱呈献给的一切。

当然了，恨是因为不甘心，是还想爱，还愿爱。问题是，恨非但不能挽救爱，反而，会让对方走得更决绝，走得更遥远。

8

对于不爱，最好的方式是放手。如果，还有比这更好的方式的话，就是痛快地放手。

不爱了，就是不爱了，不要去纠缠。

放过别人，就是放过自己。

9

　　这个世界永远有风景。但，只有自由的心灵才会看到。

　　也就是说，世界还在，风景还在，只是，割舍不掉的欲念，遮了眼，绊了脚，蒙了心。

　　只有放下旧爱，新爱才会在生命的前路上，蓬勃重生。

爱与永恒

1

有的人用一瞬间爱上一个人，而终其一辈子爱着这个人。

问题是，这只是一场旷日持久的暗恋。对方根本不知道自己曾被爱过，还正被爱着。然而，并不妨碍这爱在延续，在绵亘，在一个人的心底独自轰轰烈烈，且还要这样，而天涯海角，而此生彼生。

忘记岁月，忘了自己。

有些永恒不必彼此厮守。有的爱纯净到，除了要爱着，没有其他目的。

2

爱有两个院子，一个院子是天堂，一个院子是凡间。

最好的爱就是坐在凡间的院子里，遥望天堂的院子。没有天堂的院子，爱就会没有了希望；没有了凡间的院子，爱就会失去了根基。

那小小的心思，和小小的缠绵，最好是一阵小小的风，吹遍两个院子的每一个角落。

3

爱到最疯狂时，彼此会找不到自己看不清对方。

方寸是乱的，心旌是动的，神智是昏的，魂魄是醉的。爱到这个份上，对方是那么梦幻，那么迷蒙，那么美，就是心中一千次一万次设想过的那个公主或王子。

童话般盛装莅临。

爱到后来，当小木屋没了，当白马跑了，当春色二分，烟火尘世里，曾经的公主和王子都回到了平常人的行列中。

当这一天到来后，你已然不再迷恋对方的人了，但依旧醉心地迷恋着在一起的时光。这样的爱，大约可以永恒了。

4

爱到最高潮的时候，其实就是一场战争。不过是，赢一场，输一场，拉锯一场，言欢一场。这时候最有意思，赢着是痛的，败着是痛的，拉锯也是痛的，只有握手言欢的时候，却在双赢着。

彼此让一点，彼此退一步，讲和的爱情，才最美。

爱到最后，江山是彼此的。你退一步，不过是，你爱的人，为你看护着，一寸也没有丢，一寸也少不了。等你退完了，你爱的人，早已死心塌地的，为你护住了全部。

5

真正推动爱情进程的，不是浓烈的爱，而是琐碎的光阴。

当缠绵过去，爱平淡的，就是一阵轻风，一片淡月，一塘无波澜的水，一棵枯守在大地上的树。退潮了就是退潮了，不要过分依赖爱。这个世界，你依赖什么，终可能会被依赖的东西所困，所伤。

你要活过的，是光阴。把爱融进柴米油盐里，把爱化在烟火生活里，阳光匝地，树影婆娑，当寻常的光阴里，一寸一寸，都有爱的光与影在摇曳，这样的爱，才可以走得很远很远。

6

任何挚诚的相爱，开始都是奔着永恒去的。

但成全永恒的，不只是有两颗相爱的心就够了。有时候，世俗比爱更强大。走着走着，雷一阵，雨一阵，风暴一阵，爱便千疮百孔，走不下去了。

世间好多的爱，最后天各一方，不是不想爱了，而是不能爱了。世俗的锁链，左一条，右一条，上一条，下一条，最后，不是把你捆死了，而是挣扎到了心寒。

我敢说，这个世界上一定有好多好多爱到不能爱的人，他们多想，能相遇在另外的时光里，并在某个命定的节点上，温暖地，再爱上彼此。

然后，永生永世，再不分离。

7

一尾鱼,向深海里游去。

深也去,险也去,苦也去,累也去,伤也去,痛也去,总之,什么也不管了,只是去,只能去,必须去。

不顾一切,九死一生!

鱼在浩瀚的海洋里,游啊游,一边游,一边吐着泡泡。辽阔的水域里,全是它吐出的泡泡,一个挨一个,一个接一个。鱼说,我要为爱,吐完所有的泡泡,鱼还说,我愿让所有的泡泡里,都是爱,都是你。

这个世界,所有的悲怆是那么饱满,这样的饱满,让人心疼。

8

要相信,这个世界有永恒的爱。

但也要明白,人类这种电光石火般产生的情感,最绚丽的一段,最炽烈的一段,都如烟火一般,只是一瞬间。也就是说,它终归会黯淡下去。

所谓永恒,就是在黯淡下去之后,还能在微弱的光里,相伴走很久很久,相携走很长很长。

爱与回忆

1

你可以撇下一个人，放下一段爱，但你无法躲开回忆。

回忆，就是以爱的名义，在时光的肌肤上拉下一道伤口。回忆的疼，本质上，是一个人撕扯着自我的时光疼。

2

你可以一转身，跟几乎所有的人成为陌路。但深爱的人，不能。

一座座山，一条条河，一段段路，一个个街角，小吃店靠窗的位置，咖啡馆临街的一张桌，梧桐树下幽暗的一盏灯，被风掀起的伞盖，雨中迷蒙的红绿灯，摇下车窗后迷离的笑，夕阳下的携手远眺，有关爱的一切，在心里，一棵一棵，都长成了树。不见风吹，却哗哗作响。

其实，回忆的树没有多大，故事的叶片也没有多繁密，只是，有情有义的光阴很长很长。你，不得不跟过去，以及过去的那个自己重逢。

3

回忆不会让一个人的情感走向毁灭，相反，却可以让灵魂走向丰富。

一个人，在回忆中马不停蹄地走下去，也不是为了找回爱情，或许，只是为了找到自己。

4

能把一切都撇得一干二净，不留下一点回忆的人，根本就没有深爱过。

最深的爱情，其实就是一场连绵的雨。雨过后，天放晴了，而看不见的雨水，早已浸润到了大地深处。

回忆，就是用很长很长的时间，在心底，一点一点蒸发这些水分。

5

对于已然放手的爱，回忆没有任何意义。

不过是，忆一段，痛一段。痛一段，释然一段。释然一段，好受一段。

爱逝去了，其实，回忆没有力量。却也，成了最后的力量。

6

不爱了，还要不停地回忆下去，实际上是在非现实的幻境里，用回溯的方式，一遍一遍地仰望痴情的自己。

然后，一遍一遍地追问：为什么一颗可以征服世界的挚诚的心，却不能赢得一个人的爱情？

就这样，在仰望的光环中，一次一次地肯定着自己。再然后，用这样的肯定，一次一次，灼伤自己。

7

爱的温度，是在回忆中逐渐凉下去的。

这个世界，能在回忆中，余温不散的人，不是爱得最深的人，就是彼此懂得的人。

放手了，还能有爱，其实，就是用回忆的余温，对对方的不绝地守望。

8

逢场作戏的人，没有爱的回忆。

因为，逢场作戏的人，没有必要在这件事上，与自己再逢场作戏。

虚情假意可以骗取爱情，却骗不来刻骨铭心的回忆。

9

有的人，一辈子把爱的秘密藏在回忆里。

回忆，该是人世间，一处最安全的地方吧。你尽可以一遍遍地打开它，一层层地翻看它，一回回为之肝肠寸断，一次次为之百转千回。

最终，秘密在回忆里，回忆在心里，心在锁里。

锁在岁月里。

就这样，一辈子。

10

心中有恨的人，不要去回忆。

回忆只能使自己恨上加恨，最后，爱，变成了仇怨。

有恨的人，不是不想放下爱，而是，不愿放下自己的占有欲。

占有欲，是人性的敌人，也是爱的大敌。爱，从占有欲开始，也最终，被占有欲瓦解。

11

如果，能在爱的回忆里甜蜜地走一辈子，你最终收获的，只会是幸福。

当然了，回忆能让你幸福，一定是遇到了以下两种情况：要么是，在最合适的时候，邂逅了这个世界最对的人；要么是这段情，遇上了这个世界最懂爱的你。

爱与独立

1

爱毁灭了一个人，一定是这个人被爱绑架了。香风艳酿，到后来，成了毒。

这毒，是罂粟，越爱越依赖，城池坍圮，江山倾覆，醉生梦死。然而，突然爱到不爱了，这毒已经离不开了，心被绑架，情已沦陷，最后，慌了手脚，乱了心思，没了方向。

你用最浓的痴情，买到的，是最荒凉的破败，以及，最深的绝望。

2

爱到最后，一定还要让对方看到你最初的影子。

也就是说，无论爱走了多远，让对方最初怦然心动的那一种感觉，还要在你的身上。

你要让他感受到当下的热烈，同时，也要让他始终沉浸在你最初的完美里。

3

不要说他的世界，就是你的世界。无论你爱得多忘情，都不要这么说。

谁的世界，就是谁的世界。你把自己的世界给了对方，对方不是拥有了两个世界，而是拥有了一个可以为所欲为的自己。

在爱情上，任何的不对称，都会有在这种不对称中失去平衡的可能。

与其交给对方，不如袒露给对方。与其让他彻底拥有，不如让他始终留恋。

4

爱到沉溺，是深爱；从沉溺到独立，也是深爱。沉溺是把自己无所保留地交给对方，独立是把自己完整地还给自己。

有时候，把自己全交出去，未必可以换来全交过来的对方。也就是说，不是你蒸发得一干二净了，对面的天空就会哗哗地下雨，一直为你下到地老天荒。

5

月亮与地球缠绵了一辈子，也围着地球转了一辈子，但月亮最终还是那轮高悬在寥廓天际的月亮。只因为它，始终有着属于自己的澄澈、皎洁，以及如水的光华。

爱的独立是什么呢？就是，你无论依赖多少，都会有自己；无论依赖到什么程度，都与对方有着恰当的一段距离。

6

爱得透明，才会爱得轻松。

不要把爱制成一个谜语，抛过来抛过去让对方猜，猜累了，猜烦了，就会伤了爱，冷了心，最后疏了彼此。

透明的爱，彼此是清晰而独立的，是河的此岸与彼岸，是旷野上的一棵树与另一棵树。尽管有水与水滋润，尽管有风与风相拥，也许会沉溺到水乳交融，也许会沦陷到天地一体，但爱到最后，还是此岸与彼岸，还是一棵树与另一棵树。

也就是说，只有你能找到自己，别人才会找到你。

7

爱到最深处，只剩下彼此。

风里有他，云里有他，天晴念他，天阴念他，躺下思他，醒来思他，嬉笑为他，蹙眉为他，欢乐因他，疼痛因他。其实，爱到最痴最深的时候，这个世界，早已没了自己。

时间隐去了，天地山川也隐去了，只剩下，心底的轰轰烈烈。

爱得沉醉的人啊，黄昏渐至，暮色深浓，约自己出来谈一次话吧。你可以一夜沉醉着，但当第二天黎明太阳升起的时候，你的生命最好能清醒出席。光阴的两岸，繁花簇锦，翠色激滟，除了爱，你还要让生命容纳下其他美的景色。

不依赖爱，才能最好地保全爱。

8

男女之间，谁先动感情谁完蛋。

这不是自我保护，这是拿爱来扯淡！

要爱就深爱。一边爱，一边想着不爱之后，云淡风轻地抽身而去，这样的爱，纯粹是逢场作戏。

这个世界，你玩弄什么，最终会被什么所困，所伤。玩弄爱，最终在爱上玩火自焚。

9

找一个懂你的人，比找一个懂爱的人更重要。

懂爱的人是照爱理解你，而懂你的人，是照你理解爱，前者更靠近爱，而后者更靠近你。

当然了，如果这个懂你的人同时也懂得爱，左心室是你，右心室也是你，怦然而动的全是你。你有福了，你遇上的，是这个世界上最美的相爱。

爱与机缘

1

在最合适的时间，遇上最对的人，对方最爱你，你也最爱对方。

——这样的爱，最绝世无双。

绝世无双的意思是什么呢？就是，基本不可能。

在爱的问题上，无论什么时候，你能遇上一个对的人，已经足够幸运了。

2

你拿出全部的爱来，九死一生地给了一个人。对方也拿出全部的爱来，九死一生地给了一个人。只是，对方给的那个，是曾经，是过往，不是你。

也就是说，你最爱他的时候，并不是他最爱你的时候，你的九死一生换来的，不是他的九死一生。

这样的爱，也可以爱下去，也可以爱得很好。但，不要苛求爱到契合，爱到灵魂交融，他的灵魂已经跑了，你永远追不上。

3

有些人，一辈子，你可能只会遇到一次。

错过了，就永远错过了。一双鞋，不会为某一双脚等在那里，多痴情的鞋，都会有被穿走的那一天。

你的遗憾是，天底下竟也会有跟自己一样，与那双鞋匹配的脚。你的痛苦是，从此这双鞋，已陪着另一个人走天涯了，且，终已不顾。

4

无论多大的世界，等到你与他相逢时，小的，只剩下了一个路口。

绕不过去。这是命中注定的。命中注定的意思是，你必然要遇到他，他必然要邂逅你。也因此，你才明白，命运中的那些阴错阳差，生活中的那些风尘仆仆，也不过是为了，两个人马不停蹄地走向相逢。

你不能不说这是一个奇迹。世界上最大的奇迹不是长城不是金字塔，不是火星撞地球，而是你与他，原本素昧平生，却没有任何征兆地走到了一起，而且还要死去活来地相爱。

5

最好的爱，是水到渠成，是瓜熟蒂落。

没有谁必须是谁的谁。没有人必须你爱，也没有人必须得爱你。生动的爱，应该在美好的机缘里流转。

为爱处心积虑，那是爱的阴谋；为爱设巧弄局，那是爱的陷阱。欺骗到最后，你可以让人屈服，但最终不能让爱投降。

爱只会跟爱走，在彼此相悦的灵魂里，才能找到爱的原乡。

6

一转身，成陌路，成天涯。

爱到不爱后，无论原来多亲密的人，都会冷漠到很遥远很遥远的距离。这是爱的宿命，非亲即疏，非白即黑，没有中间的路可以迂回。

有一天，在另一条路上，你与爱过的人再次相遇了，这是另一种幸运。你发现，你遇上的，不是仇人，而是亲人。你们彼此，看着陌生而亲切的对方，隔着陌生而亲切的距离，平静地说，平静地笑，平静地做着一切。

是的，会平静。

按下前尘，恍若初见。

7

爱去了，就真的去了。你不要幻想，有一天，对方能想起你的好，然后，返身回来。

再香的茶，一放就凉了。再放，就成了隔夜茶了。好的爱情，是沸水冲下去，水在翻滚，茶烟在氤氲，香在缠绵，是这香与唇与胃与心的几番缱绻，几番贴合，几番厮磨后，自然而然地水乳交融。

茶凉了，唇就凉了，胃就凉了，心也就凉了。唤醒这唇这胃这心的，只会是另一道新茶。

也就是说，即便人真的可以赶回来，但好多东西，已经回不到从前了。

还是，不回去吧。

爱与妥协

1

在相爱的双方中，最爱的人，最妥协。

一点一点，陷了城池，丢了关隘，垮了江山。最终，被爱，一寸一寸消化完。

甚至妥协到最后，对方不再爱了，还在妥协。说，我什么都不要，只要你活得好，便是最好吧。话从最深的心底来，一脸，佛的安静的光。

这样的人，也许不是一个完美的爱人，但一定是个完全爱着的人。

为了爱，可以用尽全部。

2

爱到最计较上，谁都希望对方为自己妥协。

以为，对方妥协了，才是真爱着，才是深爱着。结果，彼此等着，遭遇战成了拉锯战。拉锯到最后，爱凉了。

一刀两断的岁月，有时候，不是断在电闪雷鸣里，而是断在风烟俱静时。

最可怕的是，没有一个人愿为对方站出来。最可惜的是，最爱的人，因为最不值得的事，成了陌路。

3

妥协是一门艺术。

退得浅了，觉得你不够爱；退得深了，觉得你没有坚持。退到最后，深一脚浅·脚，你都心慌了。

是不是这样就是正好呢？你的慌乱，一下子，敲打在对方的心坎上。对方心疼了你的焦头烂额，心疼了你的手足无措。心疼到，一下子，掉在你的心里，成了井底蛙。

此生，再不愿爬上来，只愿看着你，只愿守着你。你的半壁江山有多大，他的世界就只要多大。

4

针尖对麦芒，不过是两取其辱，其伤，其亡。

好的爱情，不蓄势在针尖，不释放在麦芒，不正对芒的锋利，不正对尖的寒光。

爱的锦上花，有时候，不是多爱一点，而是多妥协一点。把爱的时光过得柔软一些，因为，针锋相对的日子，总会那么坚硬。

不要以为妥协了，就输了什么。如果，你因此赢得的是爱，那对方，何尝不是在用一辈子的爱和时光，为你妥协着。

5

在妥协的灵魂里，找爱的余地。这余地余多大，还会余多久。

是旷野尽头，盛下一世繁华；是时光之岸，绵延一场永恒。

是在春天的嫩绿时候，就已经让出秋天的深远；是在此刻的炽烈中，就已经让出余生的燃烧。

如果爱是宗教，妥协是多么美的教义。默诵吧，即便你什么都不做。当一颗心在升腾，所有的日子，所有的天空，祥云缭绕，都在沐浴这宗教的光。

6

基于爱的迁就，才是妥协；已经不爱了，还要将就着，那是敷衍。

妥协还是喜悦的，敷衍就痛苦了。

在爱情上，作假要比作真难。作假的人，心恍惚还在，想逃离，却又欲罢不能。这跟逢场作戏不一样，逢场作戏的人，只有身体在，只有欲望在，从来不投入心。

从这个意义上讲，妥协，就是退一小步，服一些输，表示一点软弱，彰显一下谦恭，而一颗爱着的心，始终在，始终不会变。

7

沉默不是妥协，隐忍不是妥协。最好的妥协是沟通。

叶，要落在阶前；月，要亏在眉梢。也就是说，你要让对方，触摸到你，感知到你。你把博大敛在心里，没人看见你的辽阔。你把炽烈藏在暗处，没人看见你的燃烧。

最好是，你的心在他的阡陌上，纵一条，横一条，无论怎么走，就是绕不过你。然后，一场风来，一阵雨去，一道彩虹，为你高高挂起。

8

当然了，若是不爱了，妥协是换不来爱的。

越妥协越懦弱，越懦弱越无能，你妥协到底了，对方也腻歪到底了。说到最后，爱是一种强大的征服，是一种富魅力的诱惑，是彼此的吸引。

不爱就是不爱了。最好不相爱，最好不相扰，最好不相见。

当你的妥协到只能妥协给自己看时候，最好不妥协。

爱与想念

1

没有想念，爱就没有燃烧。

爱到最后，烧成灰烬。一寸一寸的灰里，是素陌头，是锦绣里，是千山万水，是雨雪霏霏。是喜悦的余灰，是痛的残烬。

风起，是飞飞扬扬的蝶，在爱的缭绕时光里，纷纷扰扰。

这蝶，落在哪一根枝上，那枝会疼，停在哪一朵花上，那花会伤。然后，便枝也深想，花也浅念。

想念，便是春风十里，是千山暮雪，在爱的人心里，四季走遍。

2

在深爱中，最想的时候，也许爱的人就在身边，也会想。

那一刻，行动怪异到荒诞，言语贫乏到词穷，所有的情绪都纠缠在想上，且为之百转千回。这是人类情感体验中，最匪夷所思的。

在爱的深度体验上，一定有一种叫作灵魂的东西。在那一刻，它超越了身体，内心，以及精神，要单独去拥抱或独占爱着的人。

3

想念，就是走一段路，原本想把彼此相隔的时空，走到很短很短。哪料到，越走越长，是千里万里，时光的角上，还挂着霜。

开门见山，不想见到山，只想见到你。闭窗独坐，不想守着寂寞，只想守着你。

想念，就是把一颗心交出去，还有一颗心在痛。就是把无数颗心交出去，总有一颗，在追着所爱的人的路上。

4

最想念的时候，这个世界只剩下一个人。

唯剩下，想着的人。

山也不见了，水也不见了，宏大不见了，幽微不见了，自己不见了，世界不见了，只有当下，只有那个人，只有被流放的想念。

然后，是空，是空旷，是空阔，是空荡荡。是一场空，赶赴着另一场空。是低，是低眉，是低回，是低低的自己，望着心在缥缈的高处飞。

最想的时候，人往往会低到最卑微。

5

这个世界，有多少种爱情，就会有多少种想念。

其实，无论它多丰富，都极简单，无论它多刻骨铭心，都极雷同。人类在爱，以及爱的想念上，把彼此统一了起来，消弭了一切的差距。不会因为你尊贵，就给你丰富；也不会因为你贫穷，就不赋予你刻骨铭心。

富家小姐爱上穷书生，卡西莫多爱上艾丝美拉达，在相思的路途上，不会有贫富、美丑的差别，都是风一程，雨一程，风雨兼程，都是哭一回，痛一回，百转千回。

人类所有真诚的情感，浮华褪尽，素净，赤白，看不见一件遮掩的外衣。

6

伟大的情书，一定写了深刻的想念。

有时候，是彼此隔着迢遥的时空，有时候，只是一转身看不见。便情催促着心，心催促着脑，脑催促着手，手催促着文字，文字催促着想念。便秋水长天，望穿秋水，望断长天，文字里，想望着念，秋水望不尽长天。

再长的情书，其实，只写着最短的一个字：爱。再缠绵的情书，其实，只写着最简单的两个字：想念。

情书是爱的宝贵遗产。有一天，当爱的人老了，情书里的想念，依然会让爱，在文字的时光背影里鲜嫩如初。

7

抽取了想念，再轰轰烈烈的爱，也会一下子变得平淡。距离，折磨着爱，也升华着爱；考验着爱，也成全着爱。深刻的爱如果能让人九死一生，深切的想念就会让人肝肠寸断。

深爱着的人，为什么会那么强烈地想着对方呢？当彼此不能厮守的时候，这也许是最好的一种抵达对方的方式吧。也就是说身体可以分开，但心必须相拥，灵魂必须融合。然后，在彼此炽烈的呼应上，找到安妥和喜悦。

没有呼应的想念是单相思。单相思，是这个世界上，永无抵达的爱情之旅，最真挚，也最纯美。

当然了，爱到这么绝望和孤单，也最凄凉。

8

你拽着一个想，我拉着一个念，无论走多久，无论走多远。

你的想，在我的念里开花，然后，我的念，在你的想里结果。

最后，岁月拆开一个你，拆开一个我，只剩下，你的一个想，我的一个念。

你看，想念中的人，还把这写成了诗。

想念就该是一首诗吧，因为爱情原本诗意葱茏，因为生命原本诗意盎然。

爱 与 后 来

1

爱到后来，红尘碎。

就是每一个爱过的日子，都成了后来。就是时光的风，吹去了笼罩在爱上的一切虚幻的流岚，一切迷蒙的轻雾。就是誓言被验证过了，承诺被验证过了，没什么可掩藏的了。就是阳光，照彻了彼此的每一个角落。

就是站在远去的爱情的背影里，你看清了对方，也看清了自己，看清了一切的假与真。就是你才明白，好多时候，山川犹在，红尘已碎。

2

决意要走的人，你让他走。

他的心跑了，身体已是一个空壳子。在虚空的身上，你抓到的只能是虚空。

如果你的爱足够温暖和强大，他在流离失所之后，自会回来。当他再回来，就很容易把人生的全部都交给你。

当然了，如果伤得足够重，就要彻底地放下和丢弃。一来，你那颗冷了的心，已经无法再收留他；二来，好让自己从此优雅转身。

3

不要跟不懂你的人说爱。

就像不要跟不懂你的人诉说衷肠一样，你本来很痛苦，说完了会更痛苦。因为，你把真诚说给了敷衍，把热烈说给了冷漠，把痛苦撕裂了一次，给一个不相干的人看。

所以，找一个懂你的人爱你，是多么重要。爱到最后，你的心在他的心里，他的心在你的心上，你想的时候，他一定也想，你疼的时候，他一定在疼。彼此在灵魂里，是最深的呼唤与回应。

最好的爱，其实爱上的，就是另一个自己。

4

爱一个人是没有错的。但后来你发现错了，是爱了不该爱的人。

每一个人在心底，对爱的人都会有一个审美标准。当你肯为对方降低这个标准，说明你开始爱他了。如果，你肯为对方一降再降，说明你是深爱了。

但无论怎么降，你的爱，都要有一条底线。不要把自己逼到江山倾覆，山河破碎。对于那个不该爱的人，你要做的是放下，而不是在错误的路上越走越远。

因为，那条路上，只有无尽的痛，以及伤害。

5

多少初恋，止于自卑。

明明爱，却不敢去表达。明明知道不表达就会错过，但就是错过了。明明知道错过了，可能就是一辈子，但就是一辈子。人世间好多自卑的伤，丢在了操场上，丢在了天空中，丢在了单车泪奔的路上。

只缘时光太浅，只恨自卑很深。

自卑，是在懵懂而青涩的心底里掀起的一场风。风很大很大，吹得青春很疼很疼。

6

爱的刻骨铭心，是通过爱的曲折来体现的。准确地说，是通过爱的疼痛来体现的。

爱唯在波澜起伏中，才会走向丰富与深刻，才会走向炽烈与疯狂。一帆风顺的人生不好看，一帆风顺的爱，也不会好看在哪里。

问题是，这样的爱最不经折腾，一折腾就远了，一折腾就空了，一折腾就散了。崖上的矮树能耐飓风，只是因为，它的根系的每一个细微的部分，早已与大地拥抱到，深入彼此的骨髓和灵魂。

7

要学会在时间和空间的维度上，经营爱。

最好的爱，是置双方于合适的时空距离上，疏一点，远一点，用彼此的遥望与想念来贴近与厮守。相反，糟糕的爱，却是用严苛的时空束缚着对方，密一点，近一点，严一点，最后，困死了对方，也困死了爱。

爱，就要为对方松开一点时间，就要给对方放出一点空间。在合适的时空维度上，在轻松的心里空间里，爱才会被需要，才会被吸纳。

8

你发现，再难放下的人，也终会放下。哪怕，你曾为这个人肝肠寸断、九死一生过。

深爱到最后，就是一种彻底的交付，从心到生命，只愿自己是一盆水，泼出去，漫洇和浸润到对方的精神和肉体的最深处。

然而，覆水难收。放下深爱的人，其实就是要让自己从对方那里一点一点剥离出来，把灵魂撕裂，让破碎的尖锐重新组合。

你终不会把伤痕累累的自己重新组合好。你放下了对方，其实，是放下了那个痴心而绝望的自己。

从此，半生红尘，不再念及。

9

繁华散尽，才发现，最该爱的人，还是那个简简单单安安静静的人。

因为到最后，我们的心，还是想与这个烟火的尘世靠近。

爱与欲望

1

爱与欲望是相伴而生的。欲望的血脉里，奔涌着动物性，也流淌着人性。欲望本身，并无卑鄙和高尚之分。美好的欲望，只是表现在分寸上的一种得体和合适。

剥离了欲望的爱，首先是剥离了爱的动物性，其次是剥离了爱的人性。爱的动物性是爱的原本属性，而爱的人性，升华了这种动物性，彰显着人类自身爱的华美和尊贵。

要说明的一点是，爱的动物性，不是兽性。兽性是对这种属性的玷污和颠覆。当然了，在欲望上只表现为兽性的人，是不配说爱的。

2

欲望是帮助爱燃烧的。

一根火柴燃烧不出爱的绝美光焰来。余烬了然不存的爱，爱的动静不会大。九死一生的爱，不是死得彻底，就是燃烧得充分。爱完了，也就燃烧完了。

爱有多壮观，余烬就会有多绵延。那是一寸一寸的灵魂在燃烧。爱融在灵魂里，灵魂死在灰烬里，灰烬飞在尘世里。漫天蝶舞，不是爱在消散，而是爱在狂欢。

没有被欲望燃烧过的爱，温曛，内敛，不过是一场喜欢。当然了，也不是所有的喜欢都会变成爱，就像有一种抵达，叫永难抵达。

3

欲望的沧海里，渡尽劫波。

多少爱死在这沧海里。不是浪太大，不是舟太小，而是心先倾斜了，舟才沉覆了。最后，把恨记在浪大上，把怨撒在舟小上。回首处，风也不是，雨也不是。然后，春也萧瑟，秋也萧瑟。

欲望的对称性，体现在渴求的对称上，以及获得的对称上。最好的对称，其实就是彼此都主动，然后，在感应上心有灵犀，在爱的神秘和激情上和谐呼应。

4

如果爱简单到只有爱，没有欲望，那是圣人。不，也要把人字去掉，是圣。

圣没有七情六欲，于是就只剩下了简单。而人不一样，人的完美和幸福，需要通过七情六欲的满足来实现。

爱的丰富与细腻，有时候，是欲望的迷离展开，层层叠叠，是蝶恋花，是雨霖铃，是声声慢。最后，是念奴娇！

有的爱很纯净，看起来，里边没有任何欲望的参与。实际上，欲望也在其中，只不过，欲望化成了爱的双方对彼此的尊重和仰望。

然后，才清澈见底，才风烟俱静。

5

真正让爱贬值的，是世俗层面的欲望。

譬如，俘虏于金钱，献媚于权力。爱陷于金钱和权力，不用别人说不清，自己就说不清了。任何心底里，有形无形的，似有若无的，以换取和占有为目的的爱，从本质上讲，都是将爱卖身于欲望。

是的，不管你愿不愿意承认。当欲望先于爱出现，当欲望大过了爱，这样的爱太过物质，太过世俗，太过虚华。最终，不靠谱，不安全，甚至还会不干净。

最显著的特征是，这样的爱，只要有身体和色相投入其中就够了，可以没有灵魂的参与。

当然了，没有灵魂参与的爱，始于色相，也终于色相。

6

所谓一见钟情，最初都是奔着容貌去的。这就是欲望先导的结果。

也就是说，欲望首先是被美吸引的。如果接着走下去，就是对所爱的人的得到与拥有。这是换一种方式去占有这种美。

爱到两情相悦，任何欲望的产生都是水到渠成，都不是邪恶的。

但生活的法则是，吸引你，诱惑你，但并不是样样都满足你。一桌子盛宴，不可能每一样都吃到嘴里。生活，以此，彰显的爱的冷与热，亲切与陌生，一目了然与扑朔迷离。

7

贪婪，永远是人生的死敌。

在爱的欲望尺度上，过分贪婪，就会表现为纵情和滥情。纵是没有边际，滥是没有选择。这样的人，久在风花雪月，为欲望而周旋，假得很真，虚得很实，终成情场高手。

狡猾的猎手，伪装得总是完美。他们很会逢场作戏，不恼，不怒，不恨，不怨，不嗔，不怪，文质彬彬，雅意充盈，可以好到没有一丝缺憾，可以把爱经营到没有一点瑕疵。

假装很丰盛地爱上你，然后，很甜蜜地占有你，最后，很无情地抛弃你。一转身，消失掉。

只剩下，一地千秋雪，一窗月下霜，一段了无痕。

爱与距离

1

世界上最遥远的距离，不是天涯永难相见，不是身边永远不见，而是每天遇见，却彼此装作没有看见。

2

一段情，若是走不到尽头，不必僵持。

僵持，不是在考验耐心，而是在摧毁耐心。即便咬牙坚持下去，也不是为了等到希望，而是为了等到谁先绝望。

空耗，折损的不仅是现在，还有过往。曾经的美好，一点一点萎落成泥；曾经的温暖，也渐成苍凉。世界上最凛冽的路，不是从天堂走向地狱，而是从熟悉走向陌生，从清晰走向苍茫。

岸在前头，船在彷徨。不是不愿放，不是不想放，是不甘心，筑成了僵持的墙。

3

在最深的前尘中，风烟杳渺，谁也无法堪破后世。你永远无法知道，谁会出现在你生命的流转当中。

这个世界，有偶尔的遇见，也有必然的相逢。但更多的人，注定只能擦肩而过，一转身，消失在彼此的天涯之中。

去深爱那个必然相逢的人，必然的意思是，它不可重复；去安妥那个遇见的人，安妥的意思是，让遇见不要成为打扰。

剩余的，就让它随风飘散吧。不要在擦肩而过中枯守，你永远等不到那个不会等到的人。有些美好只是路过，就像那只啁啾到婉转的雀子，一蹬枝，扑棱棱消失在寥远的天空。

4

优柔寡断，不如一刀两断。

无论是爱到不能爱，还是爱到不必爱，不爱了就是不爱了。在爱情上，只有明媚和黯淡，只有热烈和萧索，没有中间的过渡地带。

能把爱情过渡到友情的，说明原本就没有热烈过。能把爱情控制到随意的，爱早已沦为工具和手段。

若是深爱过，不爱就算了吧，还是各自天涯吧。最好，来生也不要相见。

我的学生说过的一句话，放在这里，极为经典：

两不相见，两不相欠＝再见！

5

若干年之后，你理解了所爱的人。

一定是，时光把你从最深的红尘中拉了出来。

因为看淡了，所以看清了。

6

在春天遇见一个人。把对方忘记，却是在另外一个春天。

忘记一个人，需要好多个春天，需要好多个轮回。就像在这样一个花开绚烂的季节，你好多次死过去，又好多次活过来。

春天，成了人生的第五季。忘了，不是想不起来，而是想起来不像以前那么疼了。

那个易毁的伤口上，早已多了一条叫作时光的绷带。

我愿听见所有善良的心跳

那青春的爱与忧伤

一时间，风生水起。

学校仿佛觉察到了什么，召开了纪律整肃大会，校长在主席台上高声叫嚷：谁要是搞对象，一经发现，立即开除。气氛有些像这秋天后半夜的月，明晃晃的，泻在地上，是肃杀的凉，直凉到心底里。

他想起班主任晚上开班会时的神情，也是一脸的阴沉：早恋本来就害人，在高三谈恋爱，简直就是在自杀！班主任说这番话的时候，两眼瞪得大大的，像两把冒着寒气的剑，仿佛要立刻处决了谁。

他有些不寒而栗。

他轻轻叹了口气。一扯被子，只一扯，被子便全笼在他的头上了。他想盖住自己躁动的心绪，但烦恼，像露在外面的腿和脚，在月光的照耀下，发出刺眼的白。

断就断了吧，安心学习，对谁都好。给她写封信吧。想到这儿，他爬起来，拧亮手电筒，趴在被窝里，一字一句地给她写信。宿舍楼外，秋虫在低唱，有一声没一声的，有气无力，仿佛被什么踩住了喉咙。同宿舍的其他同学都熟睡了，除了偶尔的几声鼾声，这月夜，静得有些凄凉。

第二天，他把信装好，一颗心，也就装在了信封里。整整一天，他一点也没有学进去，单等着晚自习的到来。学校的操场与女生宿舍楼交叉处，有一个死角，没有灯。尽管，教学处的几个老师一天到晚地转悠，但真正的死角，也只有恋爱中的人才会发现。晚二自习的下课铃响后，他第一个冲出教室。以前，那个死角里，总活跃着一些青春萌动的身影，当然，也包括他和她，而今天，格外得冷清。

风，在墙角处，摩擦出呜咽的响声。他四下里看了看，没有发现她的身影。他已经捎话给她了，他没有别的意思，只想把手里的信交给她，当然了，还有他的一颗心。但课间10分钟，她始终没有来。

上课铃声响后，他没有跑回教室。他在那里呆呆地站了半天，实际上，他和她也没有发生什么，只是在这个黑黑的角落里，说过一些话，是关于学习的，是关于人生的，好像，他们都没有谈过一个"爱"字。

但是，在那些日子里，他还是感受到了与别的同学交往不一样的东西。大约，这就是爱了。

他的心里空落落的，有些酸涩，有些怅惘，也有些悲凉。他在他们曾经走过的地方来来回回地走了好长时间，然后，一回头，向教学楼的方向走去。身后，留下的，是比风还深沉的寂寞。

之后的日子，还是没有看到她。他只好在那封信上贴了一张邮票，寄给了她。尽管，他与她的距离是那么近，他在理科楼，隔着一个小花园，以及一段不算长的甬路，就是学校的那座老式的三层文科楼了，而她，就在那里。

　　这是一段比青春更远的距离。

　　高考结束了，一段写着青春、奋斗以及苦痛的日子结束了。他考得还算不错，被浙江的那所心仪的大学录取了。班主任笑得比花还灿烂，他把精致的录取通知书给了他，同时，还神秘地给了他一样东西。

　　是什么？

　　他有些惊诧。展开一看，是一封信，竟然是他写给她的那封信。他的心"怦怦"地跳起来，他发现，邮票是盖过邮戳的，信封也还是崭新的，就连他用胶条封得死死的信口，也一动没动，与他寄出之前，一模一样。

　　那青春的，爱与忧伤啊。

与你的青春擦肩而过

1

这个夏天有点特别。一是我们升入了传说中的魔鬼高三，另一个是，周晓婉空降到了我们班。

窗外的梧桐树，叶子密匝匝的，风一吹，息列索罗的，让夏天蓬勃得有点眉目传情。有一枝旁逸斜出，把绿意探到窗前。我一伸手，抓着其中的一片，说，嗨，刘小舟，你看，这叶子多大，像不像你的耳朵？刘小舟没理我。我一回头，他正朝我挤眉弄眼，夸张地使眼色。这是发哪门子神经呢？我再一回头，立刻魂飞魄散——什么时候，班主任竟然不声不响地进来了。

唐正东，这位是周晓婉同学，省城转来的，让她跟你坐一桌吧。

我故作矜持，没同意，也没反对。在眼的余光里，周晓婉一袭白裙，身姿绰约，真是天上掉下个林妹妹。我三下五除二，把她的桌子收拾了一下，说，欢迎你，新同学。

我依旧矜持着，没笑。我才不想让她看出我的心花怒放来呢。初来乍到，我得玩得深沉一点。

周晓婉也很严肃。不知道是紧张，还是特别紧张，总之，一摞书刚码起来就倒了，再码起来，又轰隆一声倒了。

2

其实，学文科挺没意思的，一天到晚背呀背，几千年的历史，五大洲的大地山河，反过来倒过去，被我们折腾得天昏地暗日月无光。要命的是，我们始终也折腾出多少眉目来。史地政老师的脸，一天到晚阴沉着，仿佛我们欠他们多少钱似的。

你不能那么背。有一天，我正眉间峰峦如聚波涛如怒表情痛苦地背着历史，耳间，听的周晓婉轻轻地一声断喝。我赶紧驱峰峦散波涛，洗耳恭听。周晓婉翻出一个历史题来，大意是某朝代的书画家喜欢把题款写在树丛石缝间，某朝代画家喜欢留白，某朝代书画家又喜欢把整幅画面画满，然后问这样的现象反映了什么。

我一下子抓耳挠腮。说实在的，历史书上并没有这些。周晓婉说，高考文综题考得很活，理解其实比背更重要。周晓婉说这番话的时候，神情依旧很严肃，像是说给我，又像是说给她自己。我发现，那一刻，我听得虔诚而认真。好多年了，我即便是听老师的课，也没有这么认真过。

拨云见日吗？不是。醍醐灌顶吗？也不是。我只是隐约觉得，空降到我身边的人，不是简单来和我坐同桌的，而是来拯救我的。

初来乍到，我轻易不敢打扰周晓婉。来了快一星期了，我只主动问过她一句话：你喜欢周杰伦的歌吗？她摇摇头，说，我喜欢听许嵩的歌。

哇，真是哥们儿，我也喜欢听许嵩的！我喊了一嗓子，并和她击了一下掌。当然了，这一切，都是我在心里，悄悄进行的。

3

听班主任说，周晓婉是复读生。高考成绩超本一线30多分，因为走不了理想的学校，所以选择了复读。

原来是学姐呀，前辈啊。全班同学顿时对她刮目相看。我呢，更是自惭形秽，仿佛是贾府里的那个举止荒疏形容卑琐的贾环，往贾宝玉跟前一站，灰头土脸的。倒是周晓婉波澜不惊，发现我理解问题有偏差，就毫不客气地指出来。她的声音很好听，怎么说呢，泉水叮咚的，不紧不慢，王维的"清泉石上流"说的应该是她吧。

窗外，蝉声密集，把夏天的闷热织得愈加密不透风。若放在平时，我早推开汉唐，掀翻宋元明清，寻觅蝉的踪影去了。现在，我不敢。周晓婉坐在我身边，安静地写字做题，就连酷暑都为她动容，我不能不要脸，只好沉静下来。

因为有这样一位凛然不可侵犯的同桌，一直和我玩的死党刘小舟，也很少主动找我玩了。刘小舟嬉皮笑脸地说，喂，唐正东，你的同桌不是喜欢听许嵩的歌吗，许嵩有一首歌叫《城府》，你可以问一问她的城府有多深嘛。

我说，滚，一点正经没有。然后，一转身，给了他一个义愤填膺的背影。刘小舟见状，虽感莫名其妙，但还是灰溜溜地跑了。

他不会懂，在我心里，周晓婉是不容亵渎的。

4

校领导有点神经病，挺好的班，说分就分了。

秋天刚过完一半，整个文科班伤筋动骨，把阶级兄弟们给分得七零八落。我还在原来的班里，只是，周晓婉分到了另一个班。她和谁坐到一起了呢？窗外的天空，湛蓝而高远，正是深秋季节。树叶开始一片两片往下飘落，像极了我此刻纷乱的思绪。

刘小舟见我伏在桌子上，像一只有气无力的秋虫，过来狠狠一捅我，说，怎么啦，哥们儿，失魂落魄的。我没搭理他，换了一个姿势，继续伏在桌子上。

分班两天了，说实在的，我一点也学不下去。还是刘小舟了解我，迅速为我探来密报，说周晓婉在另一个班单独趴一张桌子，说是她自己要求的。我一扑棱坐起来，以迅雷不及掩耳盗铃响叮当之势抓住刘小舟的脖领子，说，你小子的话当真？刘小舟的脸憋得像猪腰子似的，正要向我保证些什么，突然，门口有同学喊了一嗓子：

唐正东，有人找你。

是周晓婉。她穿着一件红色的外套，站在教室外的长廊上，面容依旧皎洁澄澈，像一轮明月升起在雪白的衬衣之上。

唐正东。她叫我，依旧是泉水一样的声音。这一本书应该是你的吧。她朝我扬了扬手中的书。我看了眼，说是。她浅浅一笑，说，那天分班的时候太匆忙，混到我的书堆里了，还给你。

然后一转身，她走了。然后，剩下一脸傻傻的我。

像是电影里的某个情节，又不全是。我有些沮丧地一屁股坐在自己的座位上，随意地把她还我的书一扔，突然，一张字条从书的缝隙里钻出来，翩然落在地上。

漂亮的，像欧亨利的一个结尾。

5

周晓婉所在的班就在楼上。

晚餐的时候，我一般很晚去食堂，拿着饭盆在楼梯口的圆廊里，一圈一圈徘徊。当然，用刘小舟的话说，我做这一切是有预谋的——等着周晓婉下来，一块吃饭去。

我喜欢和周晓婉一起穿过黄昏的校园。夕阳静照，余晖穿过白杨林的缝隙，斑斑点点洒落在我们身上。夕阳把我的影子拉得长长的，把她的影子也拉得长长的。一转弯，我的影子跌落在她的影子里，又一转弯，她的影子又叠合在我的影子里。

长的影子纠缠着短的影子，像理不清的青春年华。

尽管很短的一段路，尽管步履匆匆，我们仍要谈一些事情，比如谈学习，比如谈发生在老师身上有趣的故事。我喜欢听她泉水叮咚的声音，更喜欢听来自她的对人生的不同寻常的理解。

对了，上次你在字条上说我三角函数那块薄弱点，这几天，我恶补了，觉得效果不错。我一边说，一边朝她笑笑，算是表示感谢。她也朝我一笑。她的笑真美，扑闪扑闪的睫毛上，夕照金色的光晕，上下翻腾。

有一天，我和周晓婉刚下楼，迎面碰上了教育处的老师。他站在那里，一脸阴沉之外，还带着不易觉察的自鸣得意。那架势，仿佛他天衣无缝地设下了一个埋伏，然后，又非常深刻地抓住了我们。他说，你们俩，过来，我注意你俩很长时间了。

怎么啦？

怎么啦？难道不知道学校不让男女同学交往过密吗？

真是神经病。我一拉周晓婉，疯一般地跑开。我们一边跑，一边笑。我说，让他追，看他追上来能奈何得了我们什么。

是的，我们之间什么也没有，谁也不怕。

6

对了，忘了给你介绍我。我，唐正东，在遇到周晓婉之前，是典型的差等生。一塌糊涂的成绩，像缚在头上的咒语，让我难以挣脱。在自卑无聊之际，遇上了难兄难弟刘小舟，本来，高三，我们打算在青春迷茫中混过去的。这时候，来了周晓婉。

真是平地一声春雷，我的前方，满眼的绿色。

就连刘小舟，这家伙见我成绩像坐着火箭似的噌噌向上窜，自己也忙乎得看不到影子了。不过，有一次，他坏坏地凑过来，一本正经地问我，唐正东，你是不是喜欢上周晓婉了？

还没等到我反应，这家伙一溜烟跑了。

不过，他跑了，我的心里"咯噔"了一下。因为，我也偷偷地问了自己一句。

这一问，我的脸红了。一只手，在上衣的第二道扣子处盘桓了许久。我想，我当时一定走神了。

7

再看到周晓婉，是在高考百日誓师大会上。她作为学生代表，上主席台发言。那一天，校长讲了些什么，大家都忘了，但周晓婉铿锵有力的演讲，却在同学们的心底里余音绕梁，多日不绝。

好长时间了，我们再没有一起去吃过饭。快高考了，大家都忙得跟云彩似的，在天空飘着，倏忽间去，又倏忽间来，见不到影。有一次，周晓婉看到我，远远地和我打了个招呼，说，看到这次一模考试你的成绩了，年级40名，真不错。看得出来，她是真的为我高兴。那一刻，我真想冲上去和她击掌相庆，但不知道为什么，我只是很含蓄地笑笑，说，你考得更好，年级第一嘛，向你学习。

说完后，我发现我有些装腔作势。我是变得虚伪了，还是要掩饰住自己火热的内心。那一刻，我也不清楚。

一夜之间，我从一个穷光蛋，变成一个暴发户——我成了我们班的典型。班主任老师张嘴闭嘴都是："你看人家唐正东……"号召全班向我学习。一时间，我有些膨胀，走路说话都有些嘚瑟。还是刘小舟，关键时候拉我一把，说，哥们儿，淡定！

8

送周晓婉回省城的那天，好多同学都去了。

高考结束了，大家都疯了似的，嘴里不干不净，时不时还动手动脚的。青春的野性，仿佛被憋了好多年，一下子释放了出来。那天，借送周晓婉，大家先是挥泪，然后便是没完没了地拥抱。那一刻，我万般滋味，但，我没和周晓婉拥抱，没舍得。我想，若干年之后，我会对"没舍得"三个字有另外深沉的解读。

也许，会是千般的痛吧。

我们握了一下手。我说，再见。她说，再见。然后，我们真的再见了。

高考成绩下来，周晓婉走了北京的那所她最心仪的大学。而我，也考入了浙江一所不错的大学，并史诗般地为我们学校的差生演绎了一段传奇。

谁能读懂这段传奇呢?

只有我，只有周晓婉，只有我与她擦肩而过的那段青春岁月。

蒲公英的假条

她从小不受管束，是疯得出了名的。

上小学的时候，班里整天不见她的影子。有一次，老师一把抓住正要跳窗户逃走的她，呵斥说，白一帆，你能不能老实点，别一天到晚跟个蒲公英的种子似的，有风没风的，到处乱跑。老师的话还没说完，她一扭腰，一挫身，便从老师的眼皮子底下大摇大摆地溜走了。学生们哈哈哈地笑，说，蒲公英又飞了。

蒲公英这个外号，从此传了下来。

上初中第一天，因为站队，她和班长没说三句，便打了起来，一板凳腿砸在班长的后背上。学校要开除她，母亲低三下四地找人说情，才勉强留了下来。后来，因为不写作业，她被隔三岔五地叫家长。每次都是母亲来，来了便和老师说下一箩筐好话，仿佛做错的是她自己。有人说，你这孩子该管管了。母亲说，她还小，好多事都不懂。

大家都觉得，母亲有些太溺爱她了。

后来，她又和学校的一帮坏小子混在了一起，经常晚上跳墙出去上网，凌晨才回来。学校知道之后，好说歹说不要了。学校说，一个女孩子家，出点事，我们担待不起。母亲没办法，托人送礼，把她转到了离家最近的另一所学校。怕她再跳墙出去上网，家里还特地为她购置一台电脑，但她很少在家里上网，依旧跑到网吧去，和天南地北的人聊天。

人们都说，这孩子废了。母亲不高兴，说，我闺女啊，我心里有数。母亲决定每天接送她。于是，每天上下学，那条尘土飞扬的乡村路上，总有母亲弓着身子骑车前行的身影，而车了后边坐着的，则是跷着腿摇头晃脑玩世不恭的她。

她依旧天马行空地来去。有一次，她在集市上闲逛，正好碰上了出来卖葱的母亲。她吃了一惊，说，娘，你在这儿？

嗯，娘趁地里的活儿不多，把这点葱卖了。今天你们没上课？娘也有些吃惊。

哦，老师说，让我出来给班里买点东西，办墙报。

又是让你办啊，呵呵，俺闺女有一双巧手。刚才还吃惊的母亲，立刻笑得像一朵花。

是的。她有一双巧手，画的花草惟妙惟肖，剪的纸栩栩如生，即便是一块简单的布，经她一搭配，就是一件极具时尚气息的衣服。然而，这一次，班里根本就没有办墙报，她是逃课跑出来的。

看着母亲一脸的信任，她心里暗暗地笑：这样一个傻娘，也太好骗了！

老师们都不愿搭理他，同学们也瞧不起他。有一次，她的一篇满是错别字的作文，被一个恶搞的学生贴在了学校的公告栏上，旁边写着这样一行字："蒲公英"的大作。

几乎所有的人都在笑话她。

而她，也愈发破罐子破摔了。

然而，有一天，她突然很郑重地给班主任写了一张假条。大意是母亲病了，她要去照顾。对于这个破天荒的举动，班主任有些意外。因为，他从来没有见过她写过一张假条。

过了些天，她让同学又捎来了话，说需要延长假期。班主任觉得有些不同寻常，一打听，她妈妈是真的病了，而且在市里的一家医院住院。

两个月后，她回来了，像变了一个人似的。她说，她的母亲去世了。这一段时间，她一直陪在母亲身边。

之后，她没有旷过一节课。毕业那一年，只上了一所艺术学校。然而，由于她不俗的才艺，以及在艺校的出色表现，她被上海的一家服装设计中心看中。几年之后，她成了那家服装设计中心的设计总管。

这一切变化都像梦一样。后来，有人问到她的这一段人生经历，她说，这一切改变，是从母亲要她认认真真写一张假条开始的：

当我得知最疼爱我的母亲得了绝症之后，我哭得泪水涟涟，母亲说，闺女啊，这些年，好多人说你不好好上学，娘不信。他们说，你们闺女外号叫蒲公英，出入学校，从来都没用过假条的。娘在最后，求你一次，你给娘争口气，认认真真地写张假条……

我的人生在那一刻，突然刹住了车。看着母亲哀求的眼神，想着那么多年她为我的付出，我一下子清醒了过来，我发誓，一定要为我的娘争口气。居然，就因为这样一张假条，我一直走到现在。

人们都为这个孩子后来的变化啧啧称奇，人们说，白家在路边捡到的一个腿有残疾的孩子，能有后来这样的造化，全是因为她的养母，用全部的爱创造出的奇迹。

门外的人性光辉

    大三那年，同学们轰轰烈烈地筹划着五一长假到各地旅游的事。

    圆规是我们宿舍的老二，他密谋着要和我到北京玩，他说他要到地坛去看看，看看史铁生笔下的地坛到底是个什么样子。其实，我顶不愿去北京，因为已经去过好多次了。但圆规用巨大的恩惠拉拢腐蚀了我——他答应所有费用他出。反正圆规家里是开货栈的，有的是钱，这便宜，不占白不占。

    我们在北京足足玩了两天，地坛看了，圆规很扫兴，说是没有看到史铁生笔下的美。更惨淡的是，好像是在建国门，我们还迷了路，绕来绕去，走了半天，也没找到我们要找的那路公共汽车。我说，打的吧，他说，不行，能省一个算一个。

    这家伙，还挺抠门的。

    五月三号那天，我们回到了学校。由于还在假期中，学校有些冷清。就连平时那个疑神疑鬼的看门老头，也不知道跑到哪里去了。昔日喧闹的操场，也冷清得没个人影。下火车的时候，我们在站外的小摊上，饱饱地吃了一顿拉面，我们的目的很明确，回到学校，就直奔宿舍，美美地睡上一觉。

说实在的，我们已经累得连眼也睁不开了。

宿舍楼里，格外得静，仿佛是被突然抽成了真空，静得有些落寞。我和圆规往楼上走，想象着无人打扰的美梦将会在偌大的宿舍楼豪奢地进行了，不禁有些心旌荡漾。

站在602门前，圆规把钥匙捅进了锁孔，一拧，不动。再一拧，还是不动。推一推，明显感觉门被反锁了。我和圆规对望了一眼——里边有人！谁在里边呢？宿舍其余成员的面孔，在我和圆规的脑海里迅速地过了一遍。圆规咳嗽了一声，里边没有回应，一种掩住了呼吸的寂静从屋里直射出来。这一不同寻常的静，让我俩的心"咚咚"地狂跳了起来，那一刻，仿佛我们突然成了撬门入室的贼。

我们在门外边迟疑了一下。也只是恍惚之间，圆规一摆手，示意我往楼下走。

下楼的时候，我们蹑手蹑脚，仿佛自己做了什么亏心事。出楼后，圆规问我，里边会是谁呢？我说，我也不知道。我们彼此都很纳闷。本来，宿舍的几个哥们说好都出去旅游了，这是谁突然杀了个回马枪呢？

我俩坐在操场高高的看台上，开始猜测宿舍里是谁。最大可能的是，一对情侣在里边。然而，我们宿舍，老四和老五都有对象，都恋爱到了一塌糊涂的地步。那，会是老四，还是老五呢？

我们俩在操场上整整坐了两个多小时，也猜测了两个多小时。末了，圆规说，走咱们再回去看看。等我们再回去的时候，宿舍的门，轻轻一拧就开了。里边一切都摆放得很整齐，仿佛什么都没有发生过。

这件事过去有些年了，现在回忆起来，602 的那扇门，一直静谧地藏在我的心里。那一天，我们没有贸然推开，也没有硬等着看到里边的究竟，这样做，无论如何，都是一个正确的选择。尽管一直到现在，我们也不知道里边的人是谁，可能还会和谁在一起，发生过什么。

我始终认为，我们选择静静地离开那扇紧掩秘密的门，让那一天，让一个平常的日子，多了一层人性的光辉。

为你收藏一粒盐

那天上午，是两节作文课。

留下作文题目后，学生们一改往日的慵懒，蹙眉紧锁，很快进入构思状态——班里静悄悄的，马上就要高考了，他们似乎一下子懂得了珍惜时间。

窗外，冬天已经过去。垂柳虽在枯黄的枝柯间爆出了星点的绿，但风依旧格外大，春寒料峭，让人难以抵挡。教室正对着的，是学校阅览室。我见阅览室的辅导员老师胖胖的人影一晃，将一块小黑板矗立在了学校的公示栏前。黑板上写着些什么呢？我信步走出教室，去看个究竟。

原来是一个通告批评，寥寥数语。大意是说一个同学在昨天阅览的时候，把一本《散文》杂志私自"拿"出阅览室，被当场"抓"住，希望引起其他同学的注意，不要再做出这样令人不齿的行为。而被批评的学生，竟就是自己班上的学生。我的心头一热，几乎想都没想，径直走向了阅览室。

辅导员正低头整理着报纸，头顶上，一圈新长出的白发，在周边染过的黑发簇拥下，显得格外醒目。他见我神情异样，便问我有什么事。我便直截了当，向辅导员说明了来意。我说，被通报的学生是我们班上的，希望您赶在学生们下课之前，把这块黑板撤了。现在想来，我当时的语气一定很生硬，生硬得像一个居高临下的命令。辅导员的脸腾一下红了，他生气了，说，这是我的职责，用不着你来指手画脚。那一刻，两个人剑拔弩张，气氛一下子变得紧张起来。

　　那时候，我刚刚毕业没多久。我也不知道自己哪里来的勇气和胆量，敢顶撞一位年逾花甲的老教师。片刻的沉默之后，我的语气缓和了下来。我说，老师，是这样的，还有三个多月，就要高考了，如果学生们看到这个通告，一定会议论纷纷，这样的话，那个挨批评的同学压力肯定会非常大，我怕，我怕会影响他的高考……

　　可是，如果不批评，不给学生们一个警醒，我这里的杂志就要被学生偷完了，我看着阅览室，我也有自己的一份责任。辅导员老师似乎还在生气，但语气也明显缓和了许多。

　　是的，我知道。可是，这个学生，这个学生马上就要高考了……我发现自己语塞，一时竟不知道说什么好。接下来，我的语调似乎在央求这位辅导员老师了。他沉默了半晌，说，这样吧，我也不为难你，我撤了，但你必须保证，你一定要回去批评你的学生。是，我会的，我会的。我一边答应，一边疯也似的跑向公示栏前，把那块黑板取了回来，并当着辅导员的面擦掉了那个通告批评。那一刻，仿佛擦掉了自己的一个错误，我擦完之后，站起身，如释重负。

　　是的，这是我接手的第一个毕业班，我不想让自己的学生有个三长两短，尽管，我的学生的确做错了。

之后，我曾经想把这件事情委婉地告诉那个犯错误的学生。但是，不知道为什么，我始终没有说。我也不知道，我这样做，是对还是错。

临近高考的最后一个班会，我讲了很多，学生们也听得聚精会神。末了，我语重心长地说，同学们，在你们成长的过程中，肯定犯过这样那样的错误，你们因此也得到过这样那样的教训。然而，不知道你们是否知道，有一些错误，你们犯过了，以为像一粒盐，永久地溶在了岁月中，没有人注意，也没有人计较。其实，我想告诉大家的是，这粒盐，原本并没有溶化掉，只是有人怕硌疼你们，悄悄地为你们收藏了起来。

而我这里，就收藏着这样一粒。

学生们一下子现出惊异的目光，你看看我，我看看你，继而重新把目光投到我身上。我扫视了班里一圈，笑了笑说，是的，我这里的确有一粒。但是，我不想告诉你们，这粒盐是属于谁的，我愿意把这粒盐一直收藏下去。因为，我想用我的永久收藏，来换得这位同学的一颗一辈子不去犯错误的心灵。

我的话音刚落，教室里立即响起雷鸣般的掌声。那一刻，不知为什么，我突然哽咽着，说不出话来。在学生们的掌声中，我结束了那次班会。

我始终没有向任何人提起过这件事。我的那位学生，大学毕业后，在自己的工作岗位上也表现得很优秀。只是，这么多年过去了，那次班会上的掌声，仿佛一直回响在我的耳畔，温暖着我，激励着我，让我不能忘怀。

粒米之爱

　　记得那是一堂讨论课。课上，老师让我们讨论什么是天底下最伟大的爱。显然大家对这个问题都很感兴趣，友爱，亲情之爱，甚至是爱情，就在大家七嘴八舌的时候，突然从我的邻座站起来一个女同学，她为我们讲了这样一些事：

　　"我是在一个偏僻的乡村长大的。小学毕业以后，我考上邻村的乡中。就在那一年，父母的生活好像一下子改变了许多。每天早上，母亲比平时起得更早了。朦胧中，听的她窸窸嗦嗦穿好衣服，然后黑暗中咕咚一声，听她下了地。先给我掖一掖两肩的被角，或者把我露在外的胳膊放到被窝里去，才轻手轻脚地出堂屋，就着昏暗的煤油灯，填水、淘米，煮饭。就在这个工夫，父亲也便开始睡不着，粗声大气地起来，披着件衣服就出了院，摸着黑不知干着些什么。

　　我又在睡梦中不知过了多少时候，母亲在我的耳边轻唤。等我起来后，母亲早把热粥端上炕。我坐在炕上呼呼地喝粥，母亲便在炕底下站着。我喝到什么时候，母亲就站着等到什么时候。末了，母亲等我一碗喝尽，重新给我填满后，才扭身出院，帮着父亲干些营生。

外边还黑着，由于全村只有我一个人上初中，每天父亲都要送我去。邻村并不远，但要翻过一个不小的山包，山包上有不少的坟地。那些年总是我走在前边，父亲跟在后边，每天听着父亲粗重的喘息声在寂静的夜空中渐渐地高起来又渐渐地消失，一路上只有几颗清冷的星辉寂寂地伴在左右，我不说话，父亲也不说话。

到学校后，天刚麻麻亮，学校的门口开始有星点的人。父亲便远远地站住，一直看着我进了学校，进了教室后，才转身回去。

升到高中的时候，哥哥把全家搬进了城。我在城里上重点高中，但还是走读。学校有夜自习。学校的大门的左侧，有一棵歪脖的榆树，每天到很晚的时候，下了夜自习，我出校门总有一个人影站在这棵树的左右等着我，多少个日日夜夜，无论刮风还是下雨，从来没有间断过。不是父亲，就是母亲，等着接我回家。

有一年冬天，下大雪。父亲带着我在往家赶的路上，重重地摔了一跤。我摔在了一边，父亲摔在了比我更远的地方，自行车在光滑的冰面上躺着，轮子还在飞速地转动着。父亲先我爬起来，过来一把扶起我。昏黄的路灯下，父亲一边给自行车正轮子，一边不好意思地看着我，满脸浮动着尴尬。嘴里还连连说些人老了不中用的话。那一个晚上，父亲把我推回家。结果，第二天我才发现父亲的腿已经摔坏了，可是粗心的我并不知道，父亲是一瘸一拐地把我推回家的……"

她接着说：

"前些天，我在学校阅览室看到了一篇文章，是写鸟雀如何哺育自己的雏儿的。文章有一段是这样写的：一只燕子有时为了一条虫子，要飞上几十里的路程，在田间地头往返无数次；一只麻雀为了得到一粒米，要穿梭无数个农家，甚至有时不惜性命闯进农家的粮仓。它们就这样来回地奔波，从来没有顾及过自己的汗水、鲜血，以及生命。直到有一天，所有稚嫩的翅膀突然展开，消失在蓝天。

　　读完这篇文字的时候，我哭了。这使我想起了我的父母。我知道这个天底下有铭心刻骨的爱，有九死一生的爱，也有肝肠寸断的爱，但是和这些轰轰烈烈的爱相比，我觉得伟大的爱更寓于平凡和琐碎当中，它可能就琐碎到鸟雀寻找一只虫子、一粒米那样大小，甚至小到我们看不见，感觉不到，可是正是这些爱，像一盆炭火，像一缕阳光，实实在在，贴心贴肉，温暖着我们手足，温暖着我们的心窝，默默地陪我们走完人生之路，而没有怨言，而不求回报，我觉得这才是这个世界上最真挚最朴素的爱。"

　　那个女同学讲完之后，班上立刻爆出了最热烈的掌声，那是我所听到的最热烈的一次。

世界杯的夏天

1

这是一个属于世界杯的夏天。

整个大学校园几乎沸腾成了一锅粥。球迷们大碗喝酒，大块吃肉，高声侃球，很男人地挥霍着这个夏天。一些伪球迷们也混迹其中，砸桌子，摔暖瓶，大呼小叫，煞有介事地宣泄着自己的情绪。

丁可不是球迷，他不关心谁输谁赢，他只关心舒婷北岛海子。这几天，他每天都在学校花园的柳荫下吟诵这些人的诗。校广播站要招人啦，他报了名。是的，大二了，他想做点什么，锻炼锻炼自己。

招聘是在土木工程系一楼的阶梯教室进行的。来参加面试的学生，零零落落的，也就十多个人，样子有一搭无一搭的。但几个评委却一本正经的，在讲台上正襟危坐，表情凝重得像上了场的中国队。那天，丁可朗诵的是海子的《面朝大海，春暖花开》：

从明天起，

做一个幸福的人，

喂马，劈柴，周游世界

……

朗诵了没几句，评委们山雨欲来的凝重表情便云淡风轻起来，他们窃窃私语，说，这嗓音，太棒了，像极了 CCTV 的任志宏，低沉，浑厚，富有穿透力。

一个评委突然插了一句，丁可，高中的时候，你曾经播过稿子吧。

丁可说，没有。我们县高中都没有广播站。

那，丁可，你所听到过的曲子当中，最喜欢哪一个？在 5 个评委中间坐着的，是一个漂亮的女生，鬓云暗度，香腮如雪，连她的发问，都透着不同凡俗的气韵。

丁可迅速在脑海中检索相关信息。说实在的，他就没有听过几首曲子。只是上高中的时候，在同学的复读机里反复听过一首曲子，是排箫演奏的，旋律很悠扬，他一直不能忘记。

绿袖子。丁可说。

好，我叫温润妮，是咱们学校广播站的站长。我们决定你来当播音员，明天课外活动的时候，你来一下广播站吧。

女生的话斩钉截铁。她站起来，向其他 4 位评委扫了一眼，算是象征性地征求了他们的意见。

对了，丁可，你在哪个系？

就在土木工程。

哦，记得，别忘了明天下午来就是了。

2

温润妮是在这座城市长大的。本来，考大学的时候，他想考到北京去，然而，父亲一意孤行，让她上了这所建筑工程学院。父亲的意思是，一来这所学校在全国的建筑领域是一所口碑很好的学校，二来学校在本市，他可以很好地照顾她。

毕竟，温润妮是他的掌上明珠。

但温润妮并没有感受到父亲给她带来过多少温暖。一颗掌上明珠，如果失却了温暖和爱的光环，只会是一块冰凉的石头。在她上初中的时候，父亲就和母亲离婚了。在她的记忆中，父亲总是欺负母亲，非打即骂。父亲是一个坏蛋，这是父亲刻在她幼小心灵中的一个难以磨灭的印记。

记得很小的时候，父亲打母亲，她就站在母亲前面，护着母亲，然后，锐声呵斥父亲：你凭什么打我的妈妈！

是的，她恨透了这个叫作父亲的男人。本来，父母离婚的时候，她要跟着母亲，然而，法院把她判给了父亲。父亲说，他爱她。

但这爱，于她，却是永远无法醒来的梦魇。

3

其实，广播站的工作很简单。

每天，只需拿出半个多小时就可以把节目提前录制好，黄昏的时候，一个人专门来放就可以了。所以，每个黄昏，当自己深沉而富有磁性的声音低回在校园里的时候，丁可便徜徉在夕照的光芒里，欣赏着属于自己的每一个音符。

广播站的几个同学，慢慢地都熟了。当然了，大家对丁可这个新加入的成员也格外地看好。丁可是著名才子，高考的时候，考了670多分，由于报志愿的原因，没有被北京那所全国闻名的大学录取，只好明珠暗投，委屈自己成为这所学院土木工程系的一分子。除了才气，丁可还是一个帅男孩。一米八几的个子，一条蓝色的牛仔裤，再加上一件白色的长袖体恤，跟蓝天白云似的，那种阳光与青春，就是一道行走着的风景。

丁可，与你相比，我们来广播站可费了些周折。一个女生不无揶揄地说。

是啊，旁边的男生也跟着帮腔，去年，我们参加面试，温站长可以说是百般刁难，哈哈，你小子，几乎没费什么周折就来了。

莫不是温站长看上你小子了吧？

去，瞎说什么啊，一点正经没有。温润妮不在，在一起录制节目的几个家伙便打趣丁可。大学校园里，爱情，已经泛滥成一个供人玩笑的名词。

实际上，不仅是他们，就连丁可自己也觉得有些蹊跷。那天的招聘实在有些草率，不过三五分钟，自己就被稀里糊涂地招进了广播站。

有机会，我一定问问温润妮。丁可想。

4

丁可，明天是我的生日，到我家一块为我过生日吧。这天，录制完节目后，温润妮倚靠着门框，对着将要走的丁可说道。

哦，好吧。丁可稍微顿了一下，点点头说。

丁可第二天到达温润妮家所属的小区，出租车在一片别墅区停了下来。这是一片富丽堂皇的建筑群，秋风中，高大的梧桐树的叶子一片一片落下来，落在宽阔的甬道边上，松松软软地绵延过去，它们随风翻跶起落，发出"沙沙"的钝响，为这片别墅区平添了秋日的几份壮美。

仿佛刘姥姥进了大观园，丁可被温润妮家的华美陈设惊呆了，这种气派与讲究，他似乎只在港台的电视剧里看到过。温润妮一边走，一边介绍她家的格局。她还指着酒柜里一瓶瓶奇形怪状的酒，为他介绍它们的产地、名字以及价格，丁可听得目瞪口呆。丁可的父亲是小县城里的一个小买卖人，父亲也爱喝酒，但他从父亲的口中知道，世界上最好喝的酒，不过是二锅头而已，他不知道，还有比二锅头更昂贵更靡丽的酒。

这都是我爸爸的酒，他爱喝，也爱收藏。但我很讨厌他喜欢这些东西。温润妮说。

对了，你爸爸呢？

他搞房地产，一年四季在外边，很少回来。温润妮说得云淡风轻的，仿佛这个人和自己毫无关系。

那，今天的生日……丁可突然间觉得有些局促，心突突突地，不知道如何是好。

哦，我什么也没买。你会做什么饭？温润妮依旧云淡风轻的，一边说，一边打开冰箱，寻找可吃的东西。

我啊，我只会做面条。丁可是陕西人，父母忙的时候，他经常自己做面条吃。

陕西的面条是一绝啊，温润妮突然合上冰箱，今天咱们什么也不吃，只吃面条。

当丁可把香喷喷的面条端上饭桌的时候，温润妮惊讶得大呼小叫。她花颜大乱，完全不顾及自己的淑女形象，一边饕餮着吃，一边不住地说，丁可，你太棒了，我没想到，你竟然会做这么好吃的面条。

丁可坐在温润妮的对面，坐在这样一个陌生的家中，觉得自己有些不伦不类。他看着为面条而方寸大乱的温润妮，心里疙疙瘩瘩的，一口也吃不下去。

丁可，我为你放一首曲子吧。吃完了饭的温润妮，迤逦走到音响面前，一摁键，一曲熟悉的旋律便悠扬地回荡在大得有些空旷的客厅里。

是绿袖子。

丁可，我妈妈最喜欢这首曲子。她是天底下最爱我的人，可，今天这样一个特别的日子里，她却不在我的身边……

话还没说完，两颗豆粒大的泪珠，从温润妮的两颊滚落下来。一刹那，仿佛玉碎。

温润妮呜呜咽咽抽泣着，丁可傻在那里，半天没说一句话。他只是觉得，温润妮这一刻是如此叫人心疼。只是，千头万绪，他不知道从哪里下手是好。

丁可，那首曲子，是我妈妈最喜欢的，希望你能一直喜欢它。那天，温润妮站在秋风里，送丁可走时，仔细叮嘱他。

5

一段时间以来，温润妮带着丁可几乎转遍了这座城市每一个值得去的地方。

有时候，他俩逃课出去，去看古建筑。他们常去的地方有两处，一处是位于西郊的明清时期的八角木塔，一处是位于闹市区的清末满人的官府。自行车，是他们唯一的交通工具。丁可载着温润妮，穿过这个城市的大街小巷，耳边呼啸而过的风里，荡漾着他俩不绝的欢声笑语。

有一次，他俩"买通"了文管所的那个老眼昏花的大爷，爬上木塔的三层，去丈量塔的结构。从塔上望出去，山脚下的城市尽收眼底。温润妮头倚着丁可雪白的衬衫，问，丁可，你知道梁思成吗？

当然知道了，是大建筑学家。

那你知道林徽因吗？

知道啊，梁思成的夫人，也是学建筑的。

温润妮突然抬起头，说，我希望你将来也能成为梁思成，然后，也能有一段属于爱的传奇。然后，她便眼睛一动一动地盯着丁可，如水般清澈的眼神里，这一刻，万种柔情，千般蜜意。

丁可怔怔地望着远方，说，你看，这个城市多美啊。

丁可故意宕开话题，是的，他不知道该说什么，或者，该去承诺什么。这一段时间以来，他越来越觉得，温润妮在富贵的家境光环背后，其实是一个苦命的女孩。她失却了人生中的好多温暖和幸福，丁可甚至想，如果能把他生命的三分之二折去，为她换来幸福，哪怕只是三分之一的零头，他也愿意。

还有一次，他俩在那家王爷府邸的游廊上嬉戏，阳光穿过藤萝细碎的缝隙，斑驳的光影落在温润妮的脸上，幻出炫彩的光晕，幸福和快乐在她的脸上弥散着。

润妮，将来我要为你建一所房子，也有像这样曲折盘旋的游廊，让你尽情嬉戏其中，尽享人生的幸福和快乐。

不，我只要你为我建一所爱的房子就够了，里边安放着我们彼此的尊重、包容和爱就可以了，那就是我所需要的全部。

丁可一把揽过温润妮，说，会的，我会的。

6

温润妮大四上到一半的时候，父亲闪电般为她办好了去加拿大留学的手续。

这是温润妮没有想到的，也是丁可没有想到的。一列爱情的列车，正在风和日丽的浪漫轨道上风驰电掣的时候，突然间风云突变，他们俩，一下子慌了手脚。

仿佛世界末日来临，那一段日子，温润妮哭着闹着，不愿意去。为此，她的父亲专程从海南飞回来，和她谈话。看来，父亲的主意已决。如果这次真的和父亲闹僵，父女俩的关系恐怕会真的从此而一刀两断。

尽管她恨透了这个男人，但这条路，她不愿走到尽头，毕竟，他是她的父亲。

怎么办？丁可也在进行痛苦的抉择。但最终，他还是建议温润妮去。你去吧，这是多少人梦寐以求的机会呢，一个人一辈子能有多少次这样的机会？你安心去，我在这边等着你，没事的。

丁可故意说得轻描淡写。但实际上，他清楚，好多出去的人，一旦出去了，就会彻底移民过去，而一去不复返。也许，攥在温润妮手里的就是这样一张单程票，它会带走她，以及丁可爱的全部。

爱她，就不要成为她人生的羁绊！

丁可咬咬牙。一个男人，当他把一个念头种在心底的时候，就会在他的精神世界里长出一棵树，一棵傲岸而决绝的树。

你走吧。丁可一边笑，一边说。

温润妮走的时候，整个校园里，都飘满了白的雪，一片又一片，一层又一层。这雪落在了丁可的心上，也落在了温润妮的心上。

白白的，绵延着，没有尽头。

7

温润妮这一走，真的杳无音信。

丁可每天等着她的电话。他从来不敢关手机，每一个白天，以及，每一个夜里。而且，每隔一段时间，他都要拿出手机来，看看有没有她来自异国的消息——她的一个电话，或者一个短信息。

但是，没有。

有时候，手机铃声响起，他赶紧拿出来看，但没有一个是她的，他沮丧得要命。后来，他都有些怕那个铃声了，是的，那铃声是温润妮临走的时候，为他设的，《绿袖子》。她说，你听到它响起的时候，就是我来了。

但她始终没有来。

一个月，二个月，三个月……

丁可绝望了。一个有枫叶的国家，也许，那个人，已经有了另外的人生。还是不必厮守了吧。他扔了卡，丢了手机，让一切，烟消云散。

他也毕业了。2006年，德国，又一个世界杯，又有人在彻夜狂欢，新人，以及旧人。但欢乐是别人的。他关了电视，关了网，关了一切与外界的沟通，他只想，因此而关了痛苦。

但痛苦依旧盘旋在他心里，像《绿袖子》那不绝的旋律，挥之不去。

8

这一天，丁可在写字楼那间小阁子间正埋头做工程图，玻璃门吱呀响了一声，一个人影闪身飞进来。

一下子扑在他的身上。

熟悉的身影，熟悉的香气，熟悉的喘息，甚至，一样熟悉的心跳：温润妮回来了。紧紧抱住丁可的温润妮放声痛哭，一刹那，撼山动岳，云垂海立。

如果这个世界每天都有奇迹上演的话，那么，今天，这一刻，奇迹为这对相爱的人，隆重降临。温润妮一边哭，一边用拳头猛砸丁可，说，你知道，我找得你有多苦……

不，不要说了。从今以后，无论发生什么，我都不要你离开我一步！

说完，丁可紧紧地拥着温润妮，仿佛要把她揉碎在自己的身体里，融化在自己的心里。而这一刻，整座楼，整座城市，仿佛都被他揉碎了，融化了。

那么，留学这几年到底发生了什么呢。请允许有爱的人，在以后的日子里，一点一点，用辛酸，泪水，以及爱的全部，慢慢诉说。

永不散场的青春

250 是个很严肃的话题

马娜娜一个人趴在一张课桌上，像偌大的教室里，一个旁逸斜出的逗号，有点小突兀。进入高三，仿佛一场战争杀到了秋天，满目的苍凉和萧条。

她说，她要一个人战斗！

没必要搞得这么悲壮嘛，好像要英勇就义了似的。林庭筠过来扯了逗号一把。林庭筠是马娜娜的死党，两人好得经常错穿了衣服，然后一笑了之。马娜娜没有理林庭筠，专心致志地做她的物理题。一缕阳光射进来，是初秋的阳光，温润，暖和，在马娜娜的鼻翼上闪烁出金属的光泽。林说，你不就是为了考过 250 嘛，不至于把自己搞得这么李清照，凄凄惨惨戚戚的。

马娜娜不愠不怒，一脸的祥云缭绕。她的手下，全是牛顿啊，加速度啊，能量守恒啊，此刻正腾云驾雾，风驰电掣的。林庭筠故意在她鼻子上使劲刮了一下，然后，一溜烟跑掉了。

你个死胖子！马娜娜回头骂了一句。林庭筠的名字，有点冷幽默。也许父母希望她像庭院中的竹子，亭亭玉立的吧。然而，她长得着急又有些夸张。说实在的，马娜娜从心里喜欢这个胖子。

是的，我需要把自己搞得这么严肃吗？马娜娜也问了自己一句。她的理综成绩一直不好，数理化三科总是考不到250。用林庭筠的话说，就是做个250都很难。不过，要想考上北京那所著名大学的建筑专业，理综成绩必须要考过250分。这不是上限，这是底线，马娜娜又对自己恶狠狠地说了一句。

至于她为什么要上那所学校的土建专业，那是她心底的一个秘密。这个秘密，或许跟梁思成有关，或许跟林徽因有关。

也或许，跟青春心底一个迷蒙的梦有关吧。

可爱的胖纸秦豆豆

班主任秦豆豆才是典型的胖纸。他上课，有一个特私人化的动作——轻拍着圆圆的肚子，踱着方步走进教室来。而且，头一句，总是模仿闻一多在西南联大讲课时说过的话：痛饮酒，熟读《离骚》，可为真名士。他甫一吟诵完，大家就在心底里"切"一声。不过，虽说名士算不上，至少，他还是一个"真"的人。

是的，班主任秦胖子是条汉子。

比如，班里的贫困奖学金，他从来火眼金睛，只给最需要帮助的同学。据说，当地几个有头有脸的家长，想要表达某种恬不知耻的想法，都被他一口回绝了。虽然这个胖纸长得很豆豆，但大家还是仰望他。觉得他回绝的时候，样子一定很潇洒。

下午，我去张帆同学家家访，谁跟我去？今天，秦的课开篇有点突兀，大家哗啦举起一片手。秦老师象征性地扫了一眼，说，好吧，马娜娜，还是你跟我去吧。同学们都没得可说，谁让马娜娜是班长兼学习委员呢。这也算是众望所归吧。

张帆是春天时候，从另一所学校转到班里来的，文文弱弱的，长得像个小女生，一句话也不说，出来进去都低着头。来了之后，就跟林庭筠趴一桌。虽然是同桌，张帆从来没有跟林庭筠说过一句话。有一次，林庭筠悄悄问马娜娜，说张帆是不是嫌我有点闹呢。林庭筠一天到晚叽叽喳喳的，看来，有些心虚。马娜娜白了她一眼，说，你呀，不是有点闹，而是太闹了。

有时候，改造一个人不用大刀阔斧，沉默也是一种力量。半年多来，张帆还是一句话不说，林庭筠却一下子淑女了很多。连班主任秦豆豆也惊呆了。两个胖纸还有点惺惺相惜。秦说，张帆就是为了改造你而来的吧。不，林庭筠说，再伟大的张帆，也是亲爱的老班你把他派到我身边来的。

嘿，这两个胖纸还真互相吹捧上了。

我也要家访

张帆的家，其实不是张帆的家。准确地说，是张帆的姨家。张帆出生的时候，母亲就大出血死了，后来一直跟着姨姨长大。姨姨家在农村，家里有两个孩子也在上学。去的时候，正赶上在建筑队打工的姨夫腰扭了，躺在床上，动弹不得。

从张帆家里出来时，天青色，在等着烟雨。没走几步，林庭筠突然伏在马娜娜的肩上哭了起来。对了，有必要交代一下，这次林庭筠也跟着去了。她是临时申请的，不用说，是一个伟大的胖纸对另一个胖纸惺惺相惜的结果。不过，林庭筠呜呜咽咽的样子，还是让秦胖子有些傻眼。倒是马娜娜一边轻轻拍拍林庭筠，一边说，秦老师，她没事，她呢，一准为张帆伤心呢。

胖胖的人，心底里装着的，却是全部的柔弱和善良。

回去没多久，秦胖子秦老师果断地就把那个特等贫困奖学金的名额给了张帆。干脆利落的样子，一下子有了名士的风范。不过，更大刀阔斧的是，马娜娜居然跟林庭筠换了座位。按马娜娜的意思是，张帆的英语不是很好，她要在课余的时间好好给他补补。林庭筠同意了，只是，满脸的惆怅色，说，张帆沉默是金，一句话也不跟你说，你怎么给他补英语。马娜娜一笑，回了她八个字：精诚所至，金石为开。

这下，轮到林庭筠开始独自趴一桌了。当她每天隔着一排排的同学看过去，看着马娜娜那么认真地给张帆补英语的时候，不知道为什么，她心中"倏"地掠过一些东西。

是什么呢，自己也说不清楚。说不清楚的林庭筠，就把本子摊在桌子上，长长短短地写下一些句子，这些句子都怪怪的，像宋朝那个写词写得疯疯癫癫的柳永一样，天哪，这该不会也是风花雪月，离愁别恨之类吧。

心有灵犀是物理感应

高三的作文课是异常枯燥的。800字的八股文，方向永远只对准高考。而且，写到最后，也只是为了取悦那个高考阅卷老师。会是一个王豆豆，还是一个李豆豆呢？大家一般起先把看卷老师想象成一个天使，但后来，都成了巫婆。且，大笔一挥，个个都是惨死状。

这次的作文题，主旨是可爱。张帆写的一段话，得到了秦老师盛情赞扬。张帆是这样写的：北极的盛夏，大片的冰消融，当我看到北极熊在海边低矮的荆棘林里吃浆果的时候，很是疼惜。当凶猛的肉食动物，俯首于几颗浆果，那一刻，它所体现的，是一个生命内在的可爱和美……

下课后，林庭筠冲向马娜娜。不，是马娜娜冲向林庭筠。或者，都不是，是两个人彼此必须要走到一起。一开口，她们的第一句话是：张帆……然后，她看着她笑，她看着她笑，一番面面相觑，又一番瞠目结舌。天，什么叫心有灵犀。就是当我的心，发出一种频率，而另一个人在同一个频率上，用共振的方式回应了我。林庭筠很物理很抒情地陈述着这一刻的感受，马娜娜已经笑得前俯后仰了，说，这样，我们俩同时写下一句话，看看心底的想法是不是真的一样。好啊，两个人真的就找了张纸，认认真真地写了起来。

果然是在同一频率上又共振了一下。电光石火，这个世界，相同的两朵火花燃在了一起。她俩要把张帆，从自我封闭的世界拉出来。是的，她们不想让这一颗善良的心，在自我孤独的世界走得太久，走得太累。

张帆长得瘦瘦小小的，猛一看，模样有点像郭敬明。在这样深秋的日子里，一件长袖的米黄色T恤，一条修身的牛仔裤，风吹得他头发乱乱的，一会儿高高飘举起来，一会儿又遮盖了眉眼，像飘忽而跳跃的青春。他跟马娜娜和林庭筠走在学校的操场上，红红的塑胶跑道，在他们面前延展和燃烧着，他们仨有说有笑，谈考试，学习，谈陈奕迅、许嵩的歌，也谈皇马和曼联队最近的那个漂亮的进球。

很好的阳光，很明媚的天气。以及，被温暖弥漫的，灿烂的日子和天空。

一只仰望着的笨笨熊

北京那所著名的大学向他们学校发来了喜报。喜报上红红的印章，像一丛火焰，呼呼地燃烧在广告栏前高三学子的眼睛里，甚至血脉里。

内容是，去年考入这所大学的学长取得了所在院系的最高奖学金。

林庭筠"哇"一声，那得有多少钱啊？一定很多吧！马娜娜盯着那张喜报半天没有动，眼底眉前，敛了锐气，暗了春光。林庭筠的手使劲在她的眼前晃了晃，说，喂，醒醒，醒醒，梦中人。马娜娜没有理会林庭筠，只是用手在那所大学四个字的校名上摸了又摸，说了句：真好。

一片树叶，擦过马娜娜的额际，落在广告栏前，孤零零的。入冬了，树梢上的天空没有一丝遮拦，高远的，像那颗要远走高飞的心。

250不是一个魔咒。期末考试的时候，马娜娜的物理考得出奇好。261分，对于满分300分的理综，这已是一个很高的分数了。这是马娜娜的一座新的高峰。但是另一座高峰始终横亘在她面前，让她仰视而无法超越。当然了，她也不想超越，就想一直仰望下去。是的，张帆的理综匪夷所思地好，马娜娜想，张帆瘦瘦小小的身体里，以及那颗头发乱乱的脑袋里，装着多少智慧啊！而自己笨笨的，就像一只小笨熊。

是的，只能算一只英语勉强还说得好的小笨熊吧！

春天来了

班主任秦豆豆春心萌动，早就说要带着大家去郊游呢，但始终不见动静。于是，这些天，他的课，大家格外期待。一字一句听下去，但听到最后，也听不到关于郊游的任何信息，就咬牙切齿。大家耐着性子，由着他胖胖的身子在黑板上游弋。毕竟，天越来越暖和，他或许，在等日子吧。

最有造化的，是林庭筠。她居然奇迹般地瘦下去好多斤，好多斤是多少斤呢，就是她开始变得匀称了，她终于要对得起她的名字了。要不然，唐朝那个写词写得挺好的一个叫温庭筠的人，该穿越过来跪地求她了吧。

张帆参加北京那所大学的自主招生考试通过了。秦豆豆一天到晚眉开眼笑的，觉得张帆给他争了气。也据说，张帆上大学的费用在他的争取下，将由"山花工程"全额资助。秦豆豆张嘴闭嘴，也不说"痛饮酒，熟读《离骚》"了，而是"你看人家张帆"云云，说得大家都紧张兮兮的。

马娜娜的成绩早已跑到了年级的前十名，按惯例，年级前十名，就有机会考取那所她向往已久的大学，而且，她依旧要上建筑系，当然了，除了梁思成和林徽因，她的心底，已经多了一个原因。

多了一个什么原因呢？草坪上一天天拱出的草芽该知道吧，尖尖的，软软的，绿绿的，是一个女孩心底说不清道不明的心思。

有一天晚上，草暖风香，她跟林庭筠在操场上看星星，天空里星星一颗接着一颗。她们都想为对方找到彼此心仪的那一颗。其实，到底是哪一颗也不重要了，重要的是，这些星星要永远这么亮晶晶地缀满在天幕上，且，永不散场。就像此刻的青春。

春天，总是流转着迷乱人心思的温暖和明媚。而且，越是温暖和明媚，越是离即将毕业的夏天，是那么近，那么近。

近到，那么让人慌乱，又是，那么美好。

飞翔的秋天

1

叶子盛躺在床上，病痛折磨得他像一片枯叶，干瘪，消瘦，憔悴。窗外古旧的阳光，隔着风尘照过来，落在他的双眸上，长长黑黑的睫毛，疏影横斜，像两道篱笆，围拢在他那双大眼睛周围，只有在这美而幽深的双眸里，还闪烁着生命的光泽。

电视里播放的，是省电视台的综艺节目《我在峰巅》。蓝小珠一路过关斩将，杀进总决赛的第5轮，如果她能在下一轮胜出的话，她将成为"我在峰巅"的年度总冠军。今天，她演唱的歌曲是《燕尾蝶》，然而，她演绎得似乎比原唱者梁静茹还要精彩。

爸爸，我还是喜欢这个阿姨，我希望她能胜出。叶子盛抬头看了父亲一眼。父亲叶茂之就坐在他的身边，他摸摸儿子的头，什么也没说，脸上倏忽间飞过云翳一样的东西。

2

叶子盛很虚弱，但他今天还是坚持看完了蓝小珠的比赛。他有些累了，合上眼，想静静地躺上一会儿。叶茂之把儿子露在外边的胳臂放回到被子里，然后，又在他的前胸后背掖了掖——深秋了，暖气还没有放，屋子里已经很凉了。

叶茂之今天上午没课，更重要的是，今天有蓝小珠的比赛。她的比赛，他是必须要看的。当然了，他和儿子看比赛的心情是不一样的，他也说不清他是一种什么样的心绪。电视里的蓝小珠，是那么亲切，又是那么遥远。十多年的时光过去了，风吹老了，云也飘旧了，然而，蓝小珠却越来越年轻了，她的美，渗透进了岁月的风韵之后，越发地迷离动人。而他呢，岁月也改变了他，他老了，这几年，为了叶子盛，他像被风吹干的朽木，虽然还没有倒下，但所有关于生活的绿色梦幻，已经破灭了。

3

叶子盛的妈妈赵蓓一早就出去了。这几年，她重复着在寻找一样东西，那就是钱。也许在这个世界上，只有她对钱有着最深的感触，这是一样既让她痛恨又让她敬畏的东西。因为有了它，儿子叶子盛的生命就会存续，倘若离开了它，儿子很快就会在她以及丈夫叶茂之的世界里，烟消云散。

今天，她出去，还是为了筹措钱。儿子透析的频率似乎越来越高了，原来要一两个月一次，现在一个月都要一两次了。这笔巨大的费用，她不知道从哪里筹措出来。有几次，她走在长街上，看见地上一片一片的落叶，心想，这些要是都能幻化成钱就好了。这样，她就不用为钱发愁了，儿子的生命也就会有救了。然而，她正这样瞎琢磨着，一阵风起，刚才还厚厚的一层落叶一下子四散了去，再也没有了踪影。

她苦笑，她觉得，这也许是命。

其实，她是个不信命的人，然而，一个最终被苦难俘虏的人，她抵抗不过苦难，最后也只好信了命。她希望自己的命是好的，她的儿子最终会被医治好，会活下来——这样的命，她宁愿去信。

4

从民政局领回 2000 块钱的困难补助后，叶茂之和赵蓓又开始为儿子的下一步作规划。是的，下一步。儿子自从患病以来，他们所规划的只有下一步，他们从来不敢奢望下几步，甚至更远。因为，更远的将来，也许，不属于儿子，只属于在岁月中活得最幸福的孩子们。

其实，他们也有过幸福的生活。叶茂之美院毕业后，背着画夹，游山历水，曾经踌躇满志，辗转去过一些地方，后来回到了这座城市，在一所大学教授国画。赵蓓大专毕业后，分配到了审计局。他们是经人撮合而成的。儿子出生后，聪明漂亮，尤其是儿子遗传下来的父亲的眼睛，大而清幽，仿佛有无数的童话洞藏其中，让人欢喜得不得了。

然而，儿子 7 岁那年，一切都破灭了。他们的生活与化验，输液，吃药，跑医院联系在了一起，与儿子的病痛联系在了一起。其实，他们还有许多幸福的计划，每年游览一处名胜古迹；儿子 18

岁的时候，带他去西藏爬一爬雪山；儿子毕业那一年，买一辆全家都喜欢的跑车，去想去的每一个地方……

现在，他们不再奢望这些幸福了。在他们看来儿子少受一些病痛的折磨。就是他们追索的快乐；如果儿子的身体能奇迹般地恢复，那就是他们最大的幸福。

5

这天晚上，他们为儿子准备着去省电视台参加蓝小珠最后一轮决赛的行装。这个愿望是叶子盛提出来的，儿子说，如果蓝小珠阿姨能够进入最后一轮，她就亲自去现场为蓝阿姨助威。

儿子不知道什么时候起，成了蓝阿姨的粉丝，它具体喜欢蓝小珠的什么，自己也说不清楚。论年轻和时尚，同台比赛的那两个大学生似乎更值得他去喜欢，然而他偏偏喜欢蓝阿姨。他说，从一开始，他就喜欢上了蓝阿姨。

说这话的时候，父亲叶茂之就在身边。一道闪电掠过叶茂之的脸，一个许多年前的故事，水墨一样洇开在了他的内心。那是一段他不愿提及的往事，爱与恨，快乐与烦恼，美丽与哀愁，就像旧上海公馆里咿咿呀呀的胡琴，多少年了，一直拉响在他的生命深处，几许甜蜜，几许凄凉。

所以，当叶茂之听到儿子的这句话后，他苦笑了一下，又暗暗地摇了摇头，仿佛要摇醒自己，一个碎了的梦。

6

只要是叶子盛提出的要求，父母都尽可能地满足他。

叶茂之与电视台联系后，电视台方面表现了极大的热心，说如果叶子盛能来的话，他们愿意为他提供一切便利条件，包括愿意为他提供免费食宿。并且，作为电视台，他们热切等待着这位特殊观众的到来。

然而，自己是否陪同儿子去呢，叶茂之犯了难。是的，他很想陪同儿子完成这个心愿，另外，他也想见见多年不见的蓝小珠，哪怕，只是远远地看看。然而，真要动身的时候，他犯了难。

不去，他会痛；去，他一样会痛。

其实，每个人心中，都是有一块禁地的，把它留在记忆里去呵护，总比触碰它要好。叶茂之更愿意把他和蓝小珠的那一段爱折叠起来，折成一种风筝的形状，无论蓝小珠飞多高，飞多远，都会有一条无形的线牵扯着他，哪怕扯出的是苦，是痛，是血，对于他叶茂之来说，也会是一种说不清的快慰与幸福。

是的，哪怕他现在已经成家立业，但他尊重自己内心真实的想法。尽管，他也爱赵蓓，爱自己的儿子，爱这个家。

人生没有假如，倘若有假如的话，他不是现在的叶茂之，蓝小珠也不是现在的蓝小珠。

7

想当初，叶茂之是美院的才子，他画的画，很有影响，上大学的时候，就有几幅画，参加过全国美展，引起了不小的轰动。好多人都仰慕他，其中不乏女孩子。

蓝小珠当时在师大读书，是师大的校花。他俩是在一次校园联谊会上认识的。正值青春年华的蓝小珠，洋溢着一个少女所有的芬芳和美。金风玉露一相逢，便胜却人间无数。很快，两人相爱了。

那一段时光的每一个音节上，都濡染着浪漫气息。他们的步履，他们的气息，甚至他们的梦，都和着爱的节奏。他们勾勒着婚姻，勾勒着幸福，憧憬着生活美好的一切。

然而，就在毕业的那个春天，他们分手了。

仅仅是一个小得不能再小的矛盾，两人便赌气谁也不理谁。一直到后来，谁也没有想着为对方退让一步，结果，就散了。

岁月，从此一刀两断。

叶茂之现在想起来，真的，那个矛盾实在算不了什么。如果岁月能够倒转，哪怕是一千个矛盾，哪怕是比这还要严重一千倍的矛盾，他也肯为对方退让一步。

是的，爱，包括对对方的包容和退让。因为，这就是爱本身。

可是，人世间，多少爱，就这样，一刀两断了呢。

8

最后，陪同叶子盛去省城的，只有妈妈赵蓓。

没想到的是，节目组在蓝小珠正式比赛之前，有一个与粉丝互动的环节，而被请上台的，就是叶子盛。

主持人问叶子盛有什么愿望。叶子盛说，我有两个愿望：一个是为妈妈唱首歌，一个是和蓝阿姨合个影。那天，叶子盛倾尽全身气力，为母亲唱了首《世上只有妈妈好》。他唱完之后，整个演播大厅掌声雷动，每个人的眼睛里，都噙满泪花。

一个在病痛中煎熬的孩子，用歌声感染了每一个人。

就在节目现场，大家自发进行了募捐活动，就连电视机前的观众，也用发手机短信的方式，为叶子盛捐了款，那个晚上，共为叶子盛捐款 11 万多元。

这是叶子盛和母亲赵蓓最没有想到的。

众望所归，蓝小珠夺得了"我在峰巅"年度总冠军。夺得冠军之后，蓝小珠，没有更多的欣喜与庆祝，便慌乱地奔向后台，卸了妆，并在观众席上，再次找到叶子盛。

她盯着叶子盛那双幽深而美丽的眼睛，半天，没有说一句话。她问，你爸爸是个画家？叶子盛有些诧异，他盯着有些激动的蓝阿姨，摇摇头，说，不，他不是画家，他在大学教书，教国画。

那他叫什么名字？蓝小珠接着问。

叶子盛一句一个字，说出了三个让蓝小珠一辈子不能忘记的名字。

蓝小珠一把搂住叶子盛，泪流满面，说，孩子，阿姨喜欢你，阿姨一定要帮助你战胜病魔，把病治好。

9

叶子盛和母亲高高兴兴地回到了家。

他们把在省城发生的所有一切都告诉了叶茂之。叶子盛说，蓝阿姨问我，你爸爸是不是画家。我说，不是。呵呵，蓝阿姨真有意思。就在叶子盛轻描淡写地叙述中，一股电流袭遍叶茂之的全身。叶茂之黯然地低下头，他喃喃地在心里说：他不当画家已经很多年了。

就这样，一遍又一遍。

第四辑

历史手腕上的暖与苍凉

我道英雄当如是

说说《水浒传》中的两个男人。

先说武松。武松甫一亮相，很正面，很阳刚。景阳冈一顿乱拳打死一只老虎，威震阳谷县，官拜武都头。后替兄报仇，杀了西门庆潘金莲一对狗男女，名扬四方。但我以为，最出彩处，是被刺配到孟州的一个细节。按照惯例，犯人初到，要打一百杀威棒。管营在上边，指着武松，说，你那因徒，省得太祖武德皇帝旧制，但凡初到配军，须打一百杀威棒，给我打起来。你听武松怎么说，武松道：要打便打，我若是躲闪一棒的，不是好汉，从先打过的都不算，重新再打起，我若叫一声，也不是好男子。

一番话，说得铁骨铮铮，气冲霄汉。那一刻，连我都气血偾张，觉得，他真是配了英雄的名头。

然而后来，武松醉打蒋门神，张都监设计陷害了他。被扭送到官府后，武松本想辩解几句，哪料，知府一声令下，说，休听这厮胡说，只顾与我加力打。于是牢子狱卒拿起披头竹片，雨点打下来，武松情知不是话头，最后屈招了。

屈招了？读到这里，我一惊，先前的那个顶天立地的武松呢，那个不为淫威所惧的武二郎呢？怎么忽刺刺如大厦倾，一股英雄气，说没就一下子没了呢。

尽管后来，武松大闹飞云浦，血溅鸳鸯楼，杀了张都监全家一十五人，似乎又顶天立地了起来，但是，不知道为什么，我对武都头，心里总是疙疙瘩瘩的。仿佛屈招的那一次，颠覆的不是他，而是我自己。

再说另一个男人，美髯公朱仝。朱仝本是郓城县一都头，一出场，便是个有情有义的人。宋江怒杀阎婆惜，就是他，睁一只眼闭一只眼，放走了哥们儿宋江。后来，另一都头雷横犯事，一枷打死了知县的姘头白秀英，朱仝又放走了兄弟雷横，可谓义薄云天。但是，若是仅仅到这里，朱仝也不会给我留下多深的印象。后来，因受牵连，他被刺配沧州。沧州知府见朱仝仪表非俗，貌如重枣，美髯过腹，很喜欢他，当时就给朱仝除了行枷，非但没让他受苦，还让他做了自己的手下。

这时候，一个特别的朱仝才横空出世。

七月十五这一天，大斋之日，朱仝领着知府 4 岁的儿子小衙内去看放河灯。正好碰上了从梁山下来的兄弟雷横，二人说话间，没了小衙内。朱仝一看傻了眼，倒是雷横，轻拢慢捻，说，哥哥，只要你上梁山，保证你可以找到小衙内。朱仝不知是计，满心满脑子，全在这个小孩子身上。他慌慌奔到城外，正遇到李逵。朱仝突然预感不妙，问孩子哪里去了。李逵说，睡在林子里，你自己去取。朱仝趁着月色明朗，抢入林子，见小衙内倒在地上，头早已被李逵劈做两半个，已死在了那里。

朱仝心下大怒，疯了一样地冲上去，要杀了李逵。尽管梁山诸多好汉在旁解劝，但是，朱仝无论如何要亲手杀了李逵。在他看来，无论这个世道如何，都不能这样对待一个孩子。

他要为一个无辜的生命讨一个说法。

整个《水浒传》，读到这里，我突然发现，那一刻，我与朱仝融在了一起。当朱仝咬牙切齿要杀了李逵的时候，分明，我感觉到，朱仝就是我自己。

说实话，武松够英雄，但是刚烈得不够彻底。朱仝也是英雄，能打能杀，却有情有义。更重要的是，朱仝的心底里，盛着恩遇和报答，盛着对生命辽阔的敬畏与宽厚的尊重，盛着人情与人性，盛着一个英雄，该有的全部。

我道英雄，当如是。

同道杀

　　清朝时，淄川有一个穷小子，腊月将尽，还缺吃少穿，他不知道这个年怎么过。穷极无聊，想出一个馊主意。这天，他操着一根棍子，悄悄伏在墓穴中，希望能等到孤身路过这里的人，然后，劫掠一点东西。

　　等了半天，也不见一个人来，凛冽的西风，吹得他瑟瑟发抖，他都快绝望了。就在这时候，有一个老头背着东西经过这里。他大喝一声，操着棍子冲了出来。老头哪里见过这阵势，一边哆嗦，一边求饶，说自己是个穷光蛋，身上背着的米，也是刚从女婿家借来的。

　　穷小子不由分说，把米抢了过来。回到家，媳妇有点吃惊，问从哪里弄来的。他信口胡编，说是赌债还的。本来，穷小子以为媳妇这一关不好过，没想到，挺大一件事，稀里糊涂就搪塞过去了。

　　尝到甜头，穷小子第二天又去了。过了不久，见一个人拿着根棍子，跳进了旁边的一处墓穴，蹲踞眺望，看样子，颇似同道。穷小子悄悄潜伏到那个人的身后，那人一回头，吓了一跳。一番对话，方知真是同道上的。穷小子有点小激动，说，没想到，遇到大哥了。

大哥上下打量了一番穷小子，说，别激动，今晚领着你干一个大活。前村有一户人家嫁女，晚上，举家皆疲，我俩去偷，如何。两人一拍即合，夜深后，潜到这家窗根下。依稀听的屋内一老婆婆对一女子说，嫁妆都放在东厢房的箱子里，也不知道锁好没有，你去看一下。女子娇嗔着，不愿去。两人听罢，迅速摸到东厢房，果然有大箱子。打开，深不见底。大哥说，跳进去。穷小子"咕咚"一声跳了进去，摸索到一个大包裹，递了出来。大哥问，还有没有？答曰，没了。大哥说，你再找找。趁穷小子继续寻找的工夫，大哥迅疾地把箱子盖儿盖上，还加了一把锁，一转身，走了。

穷小子一下子傻了眼。

没多时，老婆婆携女子举灯进到厢房内。进来一看，箱子上了锁，老婆婆觉得有些蹊跷，也没有多想，举步就要走。被困在箱子里的穷小子急中生智，发出一阵老鼠啮咬的声音。老婆婆听到了，喊女子道：赶紧去看，恐怕嫁衣被老鼠咬了。女子刚打开箱子，穷小子一下子窜出来，瞬息之间，没了踪影。

穷小子一口气跑出上百里，逃到一家偏僻的客店里，隐姓埋名，当了几年下人。打探着风声过去了，他才回到家。但从此，再不做劫掠偷盗的事情了。

故事讲完了，说实在的，穷小子够倒霉的。他刚出道，同道大哥就给他上了人生刻骨铭心的一课。一个阴险狠毒的绊子，让他差点死在这个绊子上，也让他一下子清醒了过来。他才发现，这个世界，还有比贫穷更可怕的东西。

一句话，江湖太险恶，人心太复杂，伤不起，我不玩了。

人世间，有好多人中过招，遭遇过来自同道、同行甚至同事的一绊子。也因此，好多人栽过类似穷小子的大跟头。其实，从结局看，这也未尝不是一件好事。穷小子不就因此金盆洗手改邪归正了吗？也只有经历过这么一回，你才知道这个世界，真有难以预料的阴谋，真有猝不及防的暗算，真有防不胜防的险恶。当然了，也只有从人性的险象环生中走出来，你才能进一步看清别人，才能进一步明白世事沧桑。

别怕受伤。有时候，受伤，未尝不是另一种成全。

困厄相人

李克相人很有一套。

李克是谁？认识这个人还得从吴起说起。吴起因为杀妻为将而不被鲁国所容，因为母死不奔丧而不被曾参所喜，狼狈逃向魏国。魏文侯问李克，吴起这个人怎么样。李克说，吴起贪而好色，然而用兵打仗，即使司马穰苴也不能过也。

这就是李克。他相人的眼光，犀利而独到。

有一天，魏文侯问李克相人之术，李克啪啪啪说了五条，即：居视其所亲，富视其所与，达视其所举，穷视其所不为，贫视其所不取，五者足以定之矣。概括起来就是，一个人，看他富贵或通达的时候做什么，困厄或贫穷的时候不做什么，你就知道他是一个什么样的人了。

有两个处于困厄之时的人，他们的故事，值得一读。

《清稗类钞》中，记有一人，叫朱丫头，娄县农家子弟。家里一贫如洗，又孤单没有依靠，实在活不下去，便行乞于市。咸丰年间，广东贼寇跑到这里，遇上朱丫头，把他劫掠了去。

朱丫头说，我就是一个乞丐，既无钱自赎，也无艺可卖，你们劫我干什么呢？

贼寇说，你既然是乞丐，又穷困至极，跟我们走，吃香的喝辣的，从此富贵不愁，难道不好吗？

哪料，朱丫头厉声呵斥道：我就是为了不愿做偷盗的事，才甘于饥寒，做了乞丐。我连小偷小摸的事都不愿干，怎么会跟着你们去做贼，为非作歹，干伤天害理的事呢？

最后，朱丫头激骂而死。

另一件事，发生在南朝陈后主时期。陈后主宠信爱妃张丽华，一天到晚，骄奢淫逸，不理朝政。隋朝军队攻来的时候，部下将士不是投降，便是溃散，整个国家呼啦啦如大厦倾。很快，隋将韩擒虎攻入朱雀门，文武百官早已跑得没了踪影，空荡荡的大殿内，只剩下尚书仆射袁宪一个人了。

直到这一刻，陈后主才知道什么人最靠得住。他长叹一声，对袁宪说，平时，我对你没有对别的臣子好，可大难临头的时候，却只有你留了下来。

国家危艰，个人性命难保之时，一个国家，识得了一个忠臣。

为什么单找困厄之时的人来说事呢？

我有一个老前辈，学养甚厚，阅世颇深，对于李克的五条相人说，他基本赞同。不过，他话锋一转，说，人在富贵通达时，可率性而为，可任性而为，亦可为所欲为，不好见到真正的心底。而困厄之时，最易剥掉伪装，看到灵魂的颜色。

左思的花样痛与伤

有时候，我们活着活着，就会昏了头。

左思就昏过头。讲他的故事，还得从另一个人物潘岳说起。

潘岳，即潘安，西晋时期文学家。他有一个更为响当当的名号——史上最美的男人。传说他的美艳，具有惊人的杀伤力。《世说新语》记载："潘岳妙有姿容，好神情。少时挟弹出洛阳道，妇人遇者，莫不连手共萦之。"什么意思呢？就是说潘岳相貌出众，神采仪态优雅，远近闻名。年轻的时候，他挟着牛皮弹弓，气质清雅地走在洛阳道上，妇女们见到他，都手挽着手，围在他的身边看，不让他走。可以想见，潘岳的美貌，惊扰了多少女子的芳心。用现在的话说，潘岳在京都洛阳城，粉丝如云。

或许，左思被这种美女簇拥的丽景，迷了心窍，动了心魄。于是，他决计效仿潘岳，也在洛阳道上秀一把，制造一点艳遇故事。《世说新语》记载了他的这个冲动："思貌丑悴，不持仪饰。亦复效岳游遨，于是群妪齐共乱唾之，委顿而返。"意思是说，相貌奇丑的左思，没有做任何的妆饰打扮，也学着像潘安一样，挟着牛皮弹弓，故作潇洒深沉地走在洛阳道上。结果，一群妇女围着他，朝他啐口水，唾唾沫，他垂头丧气，只好狼狈地回来。

看完故事，我们不禁哑然失笑，觉得左思真是昏了头。你说，一个姿容丑陋的人，有幻想，是可以理解的，却非要进行一场关于艳遇的激情豪赌，大败而归不说，最后还落得个被人嘲笑的下场。

然而，就是这个左思，却也是个风云人物，他不仅是西晋著名的文学家，而且还写出过与班固的《两都赋》以及张衡的《二京赋》齐名的《三都赋》。据《晋书》记载，他的《三都赋》刚一问世，洛阳的富贵人家就竞相传抄，一时间洛阳纸贵。

其实，左思大可不必这样。凭借自我的才情，他完全可以拥有自己的文学粉丝团。而且，内在的才情比外表的漂亮，更具杀伤力。可是，他却剑走偏锋，抛开自我的优秀，去追逐人生肥皂泡上转瞬即逝的虚幻魅影。

我们有时候，活得也和左思一样。本来，手头已有的，足以让自己幸福，却不去安享，一心奔赴在追逐的路上：钱本来够花了，还要不惜牺牲身体甚至出卖灵魂去追逐更多；位置本来够合适，仍要耍阴谋玩手段甚至铤而走险，去追逐更高更大的权力；平凡本来够快乐，却为了应景的荣誉，去追逐比烟花还短暂的名声；婚姻本来够美满，却按捺不住蠢动的心魄，去追逐花花世界的美丽与哀愁……

是的，我们本来可以幸福着，是欲望，让不安分的心变得疯狂。看起来，我们好像奔赴在更大幸福的路上，实际上，幸福早已破碎在心底，一片一片，零落成黯淡的痛与伤。

瞳仁之明

汉末有一个人叫陈仲举，他上任豫章太守的第一天，顾不上其他一切，就要去看望一个叫徐孺子的人。主簿劝他，还是先到官府里看看去吧。陈仲举说："周武王得到天下后，没等坐暖席子，就急着去拜访商容，我礼贤下士，有什么不可以呢？"

那么，徐孺子又是谁呢？据说，他九岁的时候，一次在月亮下面玩耍。有人对他说："如果月亮里没有月宫和桂树等物体，那么一定会更加明亮。"徐孺子说："不是这样，就像人的眼睛里面的瞳仁。如果没有瞳仁，将会更加黑暗。"

史书中，关于徐孺子的故事所见不多。言为心声，有徐孺子幼时与人的这番对话就够了。这个世界，多少人，有眼有珠，却无瞳仁之明。或许，徐孺子的话，再过多少年，也都大有嚼头啊。

迂回也是一条路

　　话说初唐，陈子昂从蜀地来到京城，待了十年，依然湮没无闻。大才子不免有些寂寞，每天在大都会里晃来晃去，寻找着出人头地的机会。

　　当时，东市有个买胡琴的，要价一百万。这样天价的乐器，到底好在什么地方呢。成群的权贵和富商，竞相来观看，但没一个人知道它的价值。有一天，陈子昂突然出现在人群中，说自己要出一千缗的价钱买下这件奢侈品。众人都惊呆了，见其出手阔绰，以"官二代""富二代"疑之。陈子昂笑着对大伙解释说，我不过是喜欢音乐罢了。

　　众人也不傻。有好事者叫嚷，那你弹一曲给我们听听，其他人也跟着一块起哄。陈子昂说，这样吧，我家就住宣阳里，明天，我为大家备下酒筵，然后，给你们来个专场演出如何。顿时，群情振奋，这样的好事哪里去找啊。末了，陈子昂又加了一句：你们能来，是我的荣幸，如果还能喊亲戚朋友一起来，将荣幸之至。

且说第二天，陈果然大摆筵席。当然了，来的嘉宾也不少，京城一带有名望的人几乎全来了，都想一睹这件音乐重器的玄妙。陈子昂不敢怠慢，先是招呼大家吃饭，饭吃得差不多的时候，他把那件乐器拿了出来，说：我乃蜀人陈子昂，寓居京城十年，写下华文妙章百轴之多，却没有一个人知道我。然后，他一指胡琴，说，这原本是一件不值钱的玩意，怎么会配得上我去欣赏喜欢呢？说完，他高高举起那件乐器，摔在了地上。

　　众人都惊呆了。

　　还真的收到了奇效。大家想看看摔琴这小子到底有多大能耐，于是把陈子昂摆在案几上的百轴雄文，一抢而空。没料到的是，不到一天，他的声名便传遍了整个京城。

　　南北朝时期，有一个叫张融的人，活得有些不得意，总有壮志难酬的感慨。有一天，他向皇帝请假回家。圣上问他住哪里？他是这样回答的：臣住在陆地上，但住的不是房子；住在船上，但船又不在水上。皇上一下子糊涂了。张融进一步解释说，是这样的，臣住在东山附近，没有屋子，只好拖一条船在岸上住。皇帝觉得他落魄，当面答应他做司徒长史。

　　然而，任命的圣旨却迟迟不下。

　　张融见状，每一天骑一匹瘦马上下班。马瘦得每走一步，都要一摇三晃的。恰巧，又让皇上看到了。圣上问他，你每天喂马多少粮食啊。张融答，每天一石粟。皇上一听傻眼了，每天一石粟怎么还喂成这个样子呢？张融说，臣只是许诺喂它一石，却从来没有真给过。

　　皇上突然满面通红，即刻授张融为司徒长史。

一个人，不是你有两把刷子，就可以把一条路直通通地走下去的。有时候，恃才傲物，不看生活的眉眼高低，就难免要走得艰难，甚至可能还会一条路走到黑。如果，生活不降临机遇，为你峰回路转的话，就必须要学会靠自我的智慧去创设机遇。也就是说，完全可以转换一种思维，改变一种方式，抵达此行的目的地。

　　在陈子昂和张融的人生片段里，我们不难发现，其实，迂回向前，何尝不是人生又一种选择。

张飞劝酒与吕布禁酒

话说这一日，刘备受曹操矫诏，与关羽一同去讨伐袁术，把徐州托付给了张飞。临行之时，刘备千叮咛万嘱咐，尽管留下陈登辅佐，但依旧放心不下。刘备的担心也不无道理，张飞的毛病是明摆着的：一是酒后刚强，易鞭挞士卒；二来做事轻易，不听人谏。

果然，没几天，张飞便把持不住，家中设宴，请来手下诸将。张飞说，我哥哥临走之时，吩咐我少饮酒，怕我误事，今天你等可开怀畅饮，明日都各戒酒，帮我守城。天底下的酒徒戒酒的说辞大约是一样的：喝了这一次，就永远不喝了。说完，张飞起身劝酒，劝至曹豹面前，曹豹连连摆手，说，我从天戒，从不饮酒。张飞哪里肯信，强劝不已，曹豹勉强喝了一杯。打了一圈过后，张飞已经喝得大醉。第二圈又劝至曹豹面前，曹豹连连告饶，再三不饮。张飞黑脸一怒，便要鞭打曹豹，刘备的叮嘱早九霄云外了，陈登在一旁亦劝说不住。

曹豹被逼得实在没了办法，突然来了一句：将军，希望你看在我女婿的面上，饶恕了我吧。张飞接着便问，你的女婿是谁？曹豹答：吕布。这里有必要交代一下，吕布共有两妻一妾，妻严氏，次妻曹氏（曹豹女儿，已死），妾貂蝉。张飞素与吕布势不两立，一听"吕布"两个字，气便不打一处来，说，我本不欲打，你拿吕布来吓唬我，我今天偏偏就要打你，我打你就是打吕布。随后，将曹豹鞭至五十。

这一夜，曹豹气不过，派人至小沛，将酒筵上受辱一事说与吕布。吕布与曹豹里应外合，趁张飞在醉中，攻入城池。最终，张飞真的把个徐州给丢了。

后来，曹操与刘备联手，再加上地头蛇陈登父子设计陷害，逼得吕布弃了徐州，逃难至下邳。

在下邳的日子里，谋士陈宫几次献计，奈何妻严氏与妾貂蝉阻挠，吕布皆不得施。雪上加霜的是，曹操决沂、泗之水，淹了下邳。吕布进退维艰，无奈每天与妻妾饮酒，借酒浇愁。终因酒色过纵，形容憔悴，一日取镜自照，惊曰：吾被酒色伤矣！于是，他下令：自今日始，城中戒酒，但有饮酒者皆斩。

却说吕布手下有一员部将叫侯成，有良马十五匹，被人盗去，后又将马夺回。侯成一时高兴，酿得五六斛酒，欲与要好的哥几个喝两杯。他怕吕布治罪，先跟吕布请示。吕布大怒，我刚刚颁布禁酒令，你这不是明显跟我对着干吗？命人推出斩之。侯成的死党宋宪、魏续等人，一起求情。吕布看在众人的面子上，痛打侯成五十大板。侯成被打得皮开肉绽。

宋宪、魏续见哥们儿侯成受气，决计谋反。三人商议定了，侯成晚上暗至马院，盗了吕布的坐骑赤兔马，飞奔东门而去。魏续开门放出，却佯作追赶之状。侯成到了曹操寨上，献上赤兔马，并报与曹操，说城内宋宪、魏续约好插白旗为号，准备里应外合。

攻城开始，吕布鏖战了半日，他战累了，在白门楼稍憩，不觉睡着在椅上。宋宪赶退左右，先盗其方天画戟，后与魏续一齐动手，将吕布绳缠索绑，紧紧缚住。然后，大开城门，将吕布献与曹操。最后，吕布被缢死，枭首。一代英雄，身死人手。

张飞因强劝酒而丢了徐州，吕布因强禁酒而丢了性命。乍看起来，似乎两个结果都与酒相关。但细究起来，跟酒连半毛钱的关系也没有。论理说，曹豹不喝酒，张飞放过即可，吕布酒色伤身，自己戒掉即可。然而，现实是，无论是徐州的张飞，还是下邳的吕布，他们都有一个共同的身份：老大。这个世界的规矩和逻辑是：但凡老大要做的事，下面必须要跟着做的。或许，这才是酿成悲剧的原因吧。

为所欲为的权力意志，以及，专横独大的长官意志，永远是比酒更伤人的东西。俗话说，"己所不欲，勿施于人"，问题是，"己所欲，强施于人"也不成啊！也就是说，你若总想着为难别人，反过来，别人也总会给你点难受尝尝的。

治　妒

　　《红楼梦》第八十回，宝玉坐车出西城门外天齐庙烧香还愿，向能治百病的王道士求药。王道士问什么药，宝玉说，妒妇方。其时，薛姨妈那边，薛蟠的媳妇夏金桂因妒耍泼，闹得全家上下，乌烟瘴气，鸡犬不宁。宝玉也为此闹心，想替姨妈求一方药，医治了夏金桂，以求得天下太平。

　　王道士果然开出一方，唤作"妒妇汤"：用极好的秋梨一个，二钱冰糖，一钱陈皮，水三碗，梨熟为度。王道士说，每日清晨吃这一个梨，吃来吃去就好了。

　　宝玉说，这也不值什么。只怕未必见效。王道士说，一剂不效，吃十剂；今日不效，明日再吃；今年不效，明年再吃。横竖这三味药都是润肺开胃不伤人的，甜丝丝的，又止咳嗽，又好吃。吃过一百岁，人横竖是要死的，死了还妒什么？那时就见效了。

　　初始读到这里时，常为这个诓骗世人的江湖郎中一笑。后来，便愈发觉得王道士有道理了，这世界的妒，还真是一个顽疾，俗世千变万幻，人心跌宕迷离，有妒情的，有妒才的，有妒富的，有妒势的，浮浮沉沉，纷纷扰扰，只要这俗世的烟火不灭，人心里的欲望不灭，这嫉妒就不会有尽头。

按下《红楼梦》暂且不表。单说我有一个学生，也患了这嫉妒之疾。他的同桌，上课反应比他利索，他受不了；背书背得比他快，他受不了；考试成绩比他好，他受不了；就连女生喜欢他的同桌，他也受不了。终于，他吃不消了，一天，找到我，愤然提出要换桌，说，这样他好眼不见心不烦。

我说，现在啊，你的心，在一架天平上。

学生不解，迷茫地看着我。我笑笑说，妒忌，已经迷乱了你，把你的心，扔在了一架空天平上。一个人，失衡了，就容易失态，接下来，我们试着往天平的另一端放东西：

首先，你的同桌能有现在，一定起早贪黑，勤奋刻苦，付出了许多，你把他付出的所有心血、汗水甚至泪水加上；

其次，他的父母同你的父母一样，都是天底下最伟大的父母，他们含辛茹苦，希望你们都能成才，你把他父母沉甸甸的期望加上；

再次，他和你一样，都想通过十几年的学习，实现自己人生理想，并以此为凭借，去成就一生的事业，这是一个人一辈子最重要的寄托，理应加上。

最后，也是最重要的，把你的善良加上去，对待生活，不要总是那么狭隘自私，要时时想着去成人之美，把美好的祝福给别人……

这样，你就会发现，这架天平就会平衡，你的心就会平静，进而平和。一颗平和的心，是会满怀欣喜地看待和接纳这个世界的一切，当然，也包括你的同桌。

呵呵，这是印象中，我给学生开出的一方治妒药，效果怎么样，暂且不去说。我只记得，我的这个学生，最后，选择了继续和他的同桌趴一桌，而且，心气和平，有说有笑，一直到高中毕业。

一切皆有转机

先讲两个人的故事。

宋朝有个秀才，叫吕蒙正，家道艰难，穷得连锅也揭不开。

有一次，他三天没有吃过一顿饱饭，直饿得头晕眼花。终于，在一座桥上，他赊得了一只瓜，早已饥渴难耐的他，踉踉跄跄跑到桥栏边，想把瓜磕开，好赶紧填饱肚子。

然而，倒霉的是，他一失手，瓜掉在了桥下。就这样，一只瓜，他一口也没吃上，就顺着水流漂走了。

连这么倒霉的事情都赶得上，满心凄苦的吕蒙正捶胸顿足，击栏长叹一声：苦啊！

那一刻，他绝望到了顶点。

另一个人，是汉文帝朝中的宠臣，叫邓通。他出则随辇，寝则与皇上同榻，可谓恩幸无比。然而，有人给邓通算了一卦，说他有纵理纹入口，必当穷饿而死。文帝听闻后，破口大骂说，富贵由我，谁人能让邓通变穷了。于是，他下了一道圣旨，把蜀道的铜山赐给了邓通，让他自己铸钱，从此，邓通富可敌国。

当然了，汉文帝也有宠爱邓通的理由。有一次，汉文帝生了个痈疽，浓血逬流，疼痛难忍。邓通居然跪下来为他吮吸，文帝觉得非常痛快。文帝说，天下至爱者莫如父子，皇子能为我吮吸痈疽吗？恰好皇太子入宫问疾，文帝问皇太子，你能为朕吸痈疽吗。皇太子吞吞吐吐，推辞说不能。文帝接着叹气说，至爱莫如父子，邓通爱我胜过皇子啊。此后，文帝对邓通愈发宠爱有加。

由皇帝铺设锦绣未来，邓通注定要富贵腾达下去了。

那么，后来呢？

后来，吕蒙正参加科举考试，竟然状元及第，做到了宰相的位置。做了宰相的他，不忘旧时苦难事，在当年落瓜的地方，建造了落瓜亭，以志穷时失意之事。

而文帝死了之后，皇太子即位，是为景帝。他痛恨邓通吮疽献媚，坏乱纲纪，于是，抄没了邓通的全家，还把邓通幽禁于空室之中，绝其饮食，最后，邓通果然饿死。

吕蒙正不会想到，潦倒至极的他，会有朝一日，成为当朝宰相；邓通也不会想到，春风得意的他，会沦为阶下囚，而且被活活饿死。

这两个想不到，不妨为下面的想不到作个铺垫。

我有一个学生，快毕业的时候，精神方面出了问题。她常常来找我，不断向我诉说一些连我听起来都有些错乱的事情，而且，总是哭一阵笑一阵的。她说，她不高考了，要去远游。我劝她，再咬咬牙，坚持坚持。她答应我，说试试吧。说实话，我宽慰她，其实，连我也不敢相信，她会坚持到高考，更别说遥远的将来。

然而，就是这个学生，不仅参加了高考，而且还考上了南京的一所大学。毕业后，招聘到了一家合资企业，现在还是个中层管理干部呢。

　　那我到底想说什么呢？

　　贫富只是一转眼，荣辱只是一瞬间，这一刻可能走投无路，下一刻就会柳暗花明，没有永远的胜境，也没有永远的绝境，一切皆有转机，一切都在改变。

同学这江湖

同学之间，混好了是好兄弟，混不好，就成了死对头。

苏秦与张仪，都师从鬼谷子，学习纵横之术。平时，张仪的学习成绩总比苏秦好，苏秦那些年，一直屈居张仪之后。

毕业之后，两人便各奔东西。张仪先是在楚国国相的手底下谋事，也合着该他倒霉，有一次，楚相丢了一块玉，大家都说是穷小子张仪偷的，结果，张仪差点被打死。走投无路之时，他想起了自己的同学苏秦，其时，苏秦正在赵国，居相位，拥权柄，正春风得意。张仪找到他，想走他的门路，谋个一官半职。哪曾料到，苏秦并不愿见这位同学。即便给他饭吃，也是下等人才吃的食物。后来，张仪好容易见到了老同学，哪料，苏秦说，我们都是靠耍嘴皮子吃饭的，你比我的成绩好，你混到这个地步，我也无能为力啊。

老同学非但没帮他，还羞辱了他一番。张仪气得咬牙切齿，决定西入秦国，成就一番大业。

一路上，落魄潦倒的张仪却遇到了一个好人。这个人不仅供他吃穿用度，而且出手阔绰，资助他银两。张仪觉得，这是上天在冥冥中帮助他，让他遇到生命中的贵人。

在秦国，张仪受到了秦王的赏识，让他做了客卿。张仪在送别恩人时，说了一大堆感激的话。最后，那人才道出原委，说：其实，我是苏秦的门客，这一路上对你的帮助，都是你的同学要我这么做的，而且，他羞辱你，只是为了激怒你，好让你立志成大业。

张仪感动得鼻子一把流泪一把的。心里一声长叹，说，苏兄，够哥们，够兄弟，愚弟不懂你啊。

同一时期，还有两位同学，一个是李斯，一个韩非子，他们都师从于荀卿，学习帝王之术。但李斯的成绩，远远赶不上韩非子。李斯那些年，一直耿耿于怀。

好在毕业后，李斯辅佐秦国，逐渐成为一代秦相，而韩非子回到了韩国著书立说，彼此两不相干，也便相安无事。一天，秦王看到了韩非子所写的《孤愤》《五蠹》之书，击案长叹说，我要是能和这个人交朋友，就是死，也没有遗憾了。李斯说，写书的，是我的同学，他叫韩非子。

巧的是，韩非子正好作为韩国的使者出使秦国，秦王一听，非常高兴。然而，李斯却心生害怕，他怕秦王喜欢上韩非子，进而冷落了他。于是，便在秦王面前诋毁韩非子，说，大王您要征服天下，而韩非子最终帮助的，只会是韩国，他，终究会成为您前进道路上的阻碍，对于这样有才的人，要赶紧把他杀了，以免留下后患。

秦王听信了李斯的话。在狱中，李斯为韩非子送来了毒药。韩非子到死也想不到，最后，害死自己的，竟然是自己的老同学。

人这一辈子，会有许许多多的同学，其中，有彼此欣赏的，有互相嫉妒的，有努力捧场的，有暗中拆台的，有相互爱恋的，有彼此生恨的，有雪中送炭的，有落井下石的。苏秦爱人，拯救了落魄中的张仪；李斯妒才，害死了将受宠的韩非子。

有人的地方，就会有江湖。人世大江湖，同学小江湖。江湖中，有侠骨柔情，就会有陷阱暗算，有相互扶持，就会有彼此倾轧，所以，同学走到最后，有的成了好兄弟，有的成了死对头。

好多事，不是你我能预料得到的。一句话，人心太复杂，江湖很险恶。

手头的幸福

《笑林广记》中有这样一则故事：

一鬼托生时，冥王判作富人。鬼曰："我不愿富。只求一生衣食不缺，无是无非，烧清香，吃苦茶，安闲过日子足矣。"冥王曰："要银子使，再给你几万也是有的，但这样的安闲清福，难给你享啊。"

说实在的，我很为故事中的鬼赞叹，他不仅品性高阔，心境辽远，而且还谙识人生要旨。你看他对来生的打算，不取富贵，唯求素朴清雅，淡泊一生，可谓无欲无求了吧。哪料，冥王兜头一瓢凉水：要银子，可多多给你，这样的清福，实在难以成全。

刚开始读到这个故事时，我百思不得其解。按理说，鬼的愿望极低，已经低到尘俗里了。几万银子都可以随便舍予，怎么会满足不了这样一个退而求其次的简单要求呢。难道金钱和富贵，还抵不上尘俗里的一个小小的愿望吗？

现在，我懂了这个故事。我觉得，冥王真是把这个纷扰的尘世看清了，也参透了。是的，这个世界，富贵如指尖的薄暖，浮名若云影的轻凉，即便会绚丽，但似烟花，难以长久。只有"一生衣食不缺，无是无非，烧清香，吃苦茶，安闲过日子"的生活，才是人生至境，如水扬清波，如风过疏林，每一个日子，看起来很清淡，但都是心头的日子，潜着香，藏着甜，是自己真正活过的每一天。

我们活在这个世界上，每天不断地奔跑，甚至奔命，追逐的，是世俗的需要，而非心灵的需求。富可敌国的人，未必找到了快乐；权倾一方的人，未必寻觅到了幸福。快乐和幸福，说到底，不是金钱和权力，只是心底里的一种安闲与宁静。

有一首民歌唱道：你眼前前有的景，你没有看；你手头头有的福，你没有享。是啊，我想说的是，我们多少人，在人生的这一刻，不正活在这人世间最美的至境中吗？可是，又有多少人，意识到了这一点，感受到了这一点？于是，多少眼前的美景被辜负了，多少手头的幸福白白地流逝了。

是的，我们的手头，并不缺乏快乐和幸福，我们所缺乏的，是感知，是珍惜，是把握。我们每天都迷失在看似宏大却与心灵无关紧要的追逐中，看起来，在追逐着人生的幸福，却一天天奔走在远离幸福的路上。

历史手腕上的暖与苍凉

挨　骂

孔子也曾被骂得灰头土脸，落荒而逃。

《庄子·盗跖》篇中，孔子找到横行天下危害四方的盗跖，想劝说他放下屠刀，立地成佛。结果被盗跖一顿臭骂。盗跖说，我用刀剑祸害天下，人们都叫我盗跖；而你呢，你摇唇鼓舌，用言论来盗取功名，人们该叫你盗丘才是。

说实在的，我读完盗跖那气势如虹的辩论后，也哑口无言。

宽　厚

汉代有一个叫朱买臣的人，家里一贫如洗。

他的妻子耐不了这贫穷，弃买臣而去，嫁作他人妇。

后来，朱买臣官至会稽太守。他回去的时候，正好碰上前妻和她的丈夫修路，景况凄凉。于是，他把前妻和丈夫一起接入府中，命下人好吃好喝地伺候。一个月后，妻子羞愧难当，上吊而死。朱买臣痛惜之余，给前妻的丈夫以银两，让他好生安葬了前妻。

贫穷，是人生一场巨大的寒冷。比这寒冷更刺骨的，是人的孤独。最终，朱买臣从这场寒冷中走了出来。然而，更可贵的是，他在腾达之后，不计前嫌，依旧充满感恩地对待弃他而去的妻子。

朱买臣的伟大之处在于：他用彻骨的寒冷与孤独，喂养出了一颗温暖而宽厚的心。

坚　守

管宁和华歆，是三国时人。

《世说新语》记载，有一天，他俩在园中锄菜，锄出了一块黄金，管宁继续锄地，把黄金当瓦片一样对待，而华歆却拿起来，看了看，才扔下。另一次，他们俩正在读书，外边敲锣打鼓，有华丽的车马经过他们的门口。管宁一动不动，华歆却丢下书跑出去看。华歆回来后，见管宁已经用刀子把他和自己共坐的席子从中间割开了，管宁严肃地对他说：“你不是我的朋友。”

这就是有名的“管宁割席”的故事。其实，管宁在那一刻要隔开的，何止是席子那边的华歆，更是喧嚣，是浮躁，是利欲，是许许多多按捺不住的心。

倘若当世还有管宁，不知道他一刀子下去，还能不能剪得动，这现世的纷纷扰扰，以及，说不尽的浮恨与闲愁。

淡　泊

太得意与太落魄，都会活得很主观。

因为偏倚的心境，必然会生出偏颇的眼光，而偏颇的眼光，必然会产生偏激的看法。

在落魄的人看来，世界是冷的；在得意的人看来，世界是热的。很显然，这都不是一个真正意义上的世界。

真正能参透世事人生的，应该是淡泊的人。我想，那个结庐杭州孤山，梅妻鹤子，终生不仕不娶，并写下"疏影横斜水清浅，暗香浮动月黄昏"的词人林逋，一定真正参破了人世，悟透了人生。

因为，淡泊，早已让一颗心，把这个世界端平。

蜕　变

嵇康的死，与钟会不无关系。

司马昭本有杀嵇康的心，再加上钟会火上浇油，说了好多嵇康的不是。最后，嵇康被推上法场。

钟会为什么这么痛恨嵇康呢？据说，有一次，钟会带了手下一帮人浩浩荡荡地去拜访嵇康。当时，嵇康和向秀正在柳树下打铁，并未搭理钟会一行。钟会几次都表达出想和嵇康交流的意思，嵇康却始终没有接待钟会。钟会一行，只好灰溜溜地打道回府。

钟会因此和嵇康积怨颇深。

从历史来看，钟会不是一个小人。但怨恨，却使他在那一刻，人性里的恶意迸发，蜕变成了小人。

狐　朋

　　有一个书生，穷得家徒四壁，却喜欢喝酒。每天晚上，如果不喝三大杯，一宿不得安寝。所以，他的床头，酒樽里的酒总是满的。

　　一天晚上，他醒来，觉得有些异样，一摸，身边竟然躺着一个毛茸茸的家伙。掌灯一看，是一只狐，正呼呼大睡。再看床头樽里的酒，已空空如也。哦，原来是只喜酒的狐。书生一笑，非但没撵它，还覆衣为被，与之共寝。

　　此后，狐常来与书生共饮，遂成为酒友。

　　狐感念不尽。一天，酒罢，它对书生说，此去东南七里，路边有遗金，你可去取。书生遵其所言，果在路旁拾得二金。狐说，后院的窖里也有。书生去挖，再得钱。有了钱，书生豪买酒肉，与狐痛饮。

　　另一天，狐对书生说，你赶紧到集市上去买荞麦去。书生买回来四十多担，人们都笑话他，说他疯了。然而，没过多长时间，天大旱，禾豆尽枯，唯有荞麦可种。荞麦价格飙升，书生售种，得钱无数。后再买良田 200 亩，遂为当地巨富。

　　我一直不忘《聊斋志异》中的这个小故事。首先，是这个可爱的穷书生，在我看来，嗜酒的人，大抵要为酒而变得偏私促狭的。然而，对于书生来说，酒喂养出来的，却是他的一颗宽厚而温暖的心。他并不吝酒，尽管与狐素昧平生，却毫无芥蒂地接纳了它，与它把酒言欢。然后，就是二者不怀任何功利动机的结合。一书生，一狐，喝酒只是纯粹的喝酒，不像这个世界上其他的酒肉朋友，以酒为媒，不过是想要去钻营功名，去骗取利益，去促成勾当，去暗结阴谋。

　　也就是说，他们喝的酒是干净的。酒筵散后，酒，以香醇的本质，流转在身体的每一个位置上，与阴谋，与勾当，与俗世的一切欲望没有关联。

　　当世，已难见如此珍贵的对酌了。

　　后来，狐感念书生，用聊斋特有的魔幻手法，完成了书生由穷到富的嬗变。也就是说，狐的到来，不是来利用书生的，而是来成全书生的。

　　从这个意义上讲，初始的那个晚上，喝掉书生床头那樽酒时，狐早已超脱凡尘。那一刻，它的样子，不是狐，是圣，满含着悲悯。

有些聪明永远不被仰视

汉更始年间，天下大乱。有一个人叫刘平，带着母亲逃难。一路上，风餐露宿，食不果腹。有一天，饿得实在走不动了，刘平只好把母亲藏在一个低洼地带，只身一个人出去找吃的。

结果，他碰上了一伙饿贼，贼抓住他，要把他煮着吃了。他连忙跪地求饶，说自己是为母亲找野菜充饥而出来的，他恳请贼们能放了他，并且立誓说，如果能放他回去，让饥饿的母亲填饱肚子，他一定会回来，决不食言。

群贼怜悯他的一颗孝心，放了他。

刘平找到吃的并伺候母亲吃饱之后，便把刚才发生的一切禀告给母亲。他说，既然答应了人家，我就得回去。于是，拜别母亲，一转身，真的走了。

另一个故事的主人公也是汉代人，叫荀巨伯。有一天，他听说朋友染病在床，于是，便到郡里去看望朋友。不巧的是，正赶上胡族入侵，郡里的人闻风而动，都四散跑光了。

但荀巨伯没有跑。

朋友劝他赶紧离开。他说，我怎能在这种危急的时候扔下你一个人不管呢，这样不仁不义的事情，我才不去做呢。

胡兵很快发现了荀巨伯以及卧病在床的朋友。空空的一座城里，竟然还会有人在，这是入侵者万万没有想到的。胡兵很纳闷，问荀巨伯为什么不跑。荀巨伯说，朋友有病在这里躺着，我怎能丢下他不管呢。如果，朋友今天难免一劫的话，希望，我能代他而死。

最耐人寻味的，是这两个故事的结尾：

当群贼看到刘平真的返回来后，连他们自己都惊呆了。他们没有想到，这个世界还会有这么守信的人，最后，群贼非但没有难为他，还恭恭敬敬地把他送走。而那些胡兵，当听完荀巨伯的话后，感慨地说，我们这是无义之师攻入了有义之邦啊。在愧怍中，胡族竟然退兵而去。

倘若用现代人的眼光来衡量刘荀二人的言行，他俩属于那种傻得连弯也回不过来的人。然而，刘平以信立身，荀巨伯义退敌，成就了历史的一段佳话，也赢得了后人永远的敬重。

只可惜，我们周围，这样的"傻人"太少了，聪明的人太多了。这个世界的钻营、取巧、机关、陷阱、阴谋、暗算、钩心斗角、尔虞我诈、蝇营狗苟、狼狈为奸，几乎都是聪明人干的。是的，再宁静的尘世，也会被无数的心计搅扰得云残月破，鸡犬不宁。

所以，我们不缺聪明人，我们缺的，是像刘平、荀巨伯一样的"傻人"。聪明人营造出的，只会是越来越自私的内心以及越来越庸俗的世界；而"傻人"们构建的，却可以是立世的范本，是社会的底蕴，是民族的脊梁。

也就是说，一个民族，只有多有这样的人，才会走得更远。

无 畏 之 境

苏轼的弟弟苏辙讲到一个故事。

有个人叫孟德，从小喜欢深山老林。长大后，他当了兵。有一次，戍守秦地，他见那个地方的山岭险峻陡峭，于是，就一口气从兵营逃出来，逃进了深山。

在逃跑的路上，他用自己的衣服换了一把刀十张饼。饼很快就吃完了，他只好吃草根和野果。他知道，自己被抓住了，是死；饿死了，是死；被虎豹豺狼吃掉，还是死。无论如何也是一死，索性他便什么也不怕了。哪里山深，他就往哪里钻。有一段日子，因为吃草根野果，他肠胃不适，经常呕吐拉痢疾。但他不管不顾。奇怪的是，后来再吃这些东西，竟然像吃五谷杂粮一样了。

孟德经常遇到狮虎等大型的猛兽。这些猛兽在离他百步远的时候，就开始嗥叫，声音尖厉而瘆人。一阵威慑之后，猛兽便跑到距他十几步远的地方，上下腾挪，做出要与他搏斗的样子。每当这时候，孟德常常泰然自若，毫无畏惧之色。因为他想，自己无论如何也是一死，怎么死，也无所谓。

　　猛兽见孟德没有任何害怕之意，便犹豫起来，锐气失掉了一大半。逡巡一阵子之后，便蹲坐在那里，呆呆地盯着他看上一阵子，最后，怏怏地离开。

　　就这样，孟德避开了许多猛兽的危害。

　　苏辙写信把这个故事告诉了哥哥苏轼。苏轼也将信将疑。不过，苏轼由此联想到了另一个相关的故事。说有一位妇人带着孩子到河边洗衣服。她把两个刚刚牙牙学语的小孩放在沙滩上，自己就去一边洗衣服去了。这时候，有一只老虎跑来，想要吃掉这两个孩子。老虎发现，这两个孩子对于它的到来，没有一点恐慌。天真无邪的他们，并不知道这个庞然大物是什么。老虎故意用头蹭了蹭其中一个孩子的身体，结果，这个孩子没有搭理它，依旧自顾自地玩着。老虎在两个孩子身边待了好一会儿，最后，悻悻地离开了。

　　我们活在这个世界上真的很难。从无休止的战争到频仍的灾害，从虫豸虎豹到强权恶势力，从领导的脸色到同事的情绪，从杀人的谣言到无形的暗算，我们怕过许多的人，也惧过许多的事。尽管我们一直小心翼翼，谨言慎行，不去得罪人，也不愿惹是非，却总难觅得生命中的一块让心灵轻松到无所挂碍的坦荡无畏的境地。

　　更多的时候，我们累，是因为我们一直活得战战兢兢，惶恐不安。

　　这个世界有头脑一热而无所畏惧的人，有为爱而不顾一切的人，也有为信仰而牺牲自我的人，在他们的生命底色里，有勇气，能奉献，敢牺牲，但并不是纯粹的无畏者。这个世界，真正的无畏者，只有两种人，一种是置身于绝境的人，一种是纯净到澄澈的人。

　　我羡慕那个逃兵以及那两个孩子，因为，他们的心底里，有我们永难抵达的无畏之境。

伤人的石头

近来读史，读到两个有意思的故事。

商鞅帮助秦孝公变法后，秦国国富民强，凭借这个功劳，商鞅很是牛了一阵子。尽管他的变法，惹恼了太子身边的一些人，然而，有秦孝公这棵大树靠着，别人再咬牙切齿，也奈何不了他。

秦孝公一死，他的灾祸便来了。

太子的党羽们告他谋反，于是，新秦王举天下之力追捕他。商鞅如丧家之犬，一口气从都城逃到关下。疲惫至极的他，找到一家客店，他想住下来，躲避一时。店主不知道他是商鞅，说："对不起，这位大人，按照商鞅的法令，想住宿的人如果不验证身份，就要被连坐的，你不能住在这里。"

商鞅仰天长叹一声，苦啊！他没想到，他制定的律令，最后，竟自食其果。

另一个相关的故事，是说王安石的。

据说，王安石推行新法之后，招致好多骂名。有一次，他和一个仆人相伴，微服回乡。晚上，住在一个老婆婆家。第二天早上，老婆婆蓬着头赤着脚，赶着两头猪出了门外。老婆婆一边用木勺搅拌盆中的泔水，一边喊："啰，啰，啰，拗相公来。"两只猪听懂是在喊它们，一溜烟冲过来。

然后，老婆婆给鸡喂食，又喊鸡："王安石，来。"没想到，她这么一招呼，所有的鸡都跑了过来。

王安石满脸的疑惑与不快。

婆婆说："官人有所不知，王安石是当今丞相，拗相公是他的诨名，我恨他，所有以畜生唤之。"

王安石容颜大变，忙问究竟。婆婆说："我是一个寡妇，已经寡居二十多年了，只和一个婢女住在一起，然而王安石却要我们出这样那样的赋税钱，出了钱，差役还一样不少。我养桑麻，全交给了官府，我养猪鸡，自己却从来吃不上一块肉。说实在的，有朝一日，如果我碰到王安石，我立刻把烹了，以解心头之恨。"

听完老婆婆的一番话后，据说，王安石当下须发皆白。

也许，商鞅和王安石谁也不曾料到，他们搬起石头，最后，砸到了自己脚上。而且，是如此惨烈。那就意味着，他们搬起的，并不是温柔的石头，也不是温暖的石头，更不是人性的石头，既然这石头，在此刻砸痛了自己，那么，在上一刻，也一定伤害过别人。

从大人物回到我们自己。生活中，我们也会搬起许许多多的石头，这些石头，就是我们曾经说出的话，曾经做过的事。如果，我们曾经说过谎话鬼话坏话，曾经做过肮脏事卑鄙事见不得人的事，这些石头，会悄悄地蛰伏在岁月深处，有一天，它会借着时光的风，"咣当"一声打过来，打伤我们自己。

历史衣袂上的生动褶皱

施 爱

淮阴侯韩信有一段时间，穷极无聊，在城下钓鱼，聊以维持生计。

同样在水边的，还有一些前来漂洗的妇女。其中有一个老妇人，见韩信饿得可怜，就把自己带来的饭给韩信吃。她在这里漂洗了几十天，就给韩信吃了几十天。

韩信很感激这位老妇人，他说，将来有一天，我一定会报答你的。哪知老妇人听后十分不悦，说，我给你吃饭，是因为你饿得可怜，哪是图你将来报答的！

真正的爱，是生命藏在举手投足之间的一种本能，是水到渠成的一种惯性，正如人的呼吸，在呼与吸之间，只是自然的吐纳，无须考虑，不用思索。

人世间，同样是施爱，风景却各不相同。有人施爱，就像种粮食，还未等种下去，满心里，想着的便是秋天的粮仓；而另一类人，认真地把种子撒出去之后，便头也不回绝尘而去。

结果是，第一种人总有歉收的感觉，因为这些人太在意得到的回报。而第二种人，却总在收获惊喜。因为他们本不曾想要得到什么，然而，一低头，一回首，四野里，已尽是绵延的绿色。

环　境

楚国人李斯，做秦国丞相之前，在乡郡里当一个小官吏。

他发现，厕所里的老鼠，所食的，尽是些不洁的东西。即便这样，这些老鼠还要鬼鬼祟祟的，见到人和狗之后，要赶紧躲开。然而，粮仓里的老鼠却不这样，吃着吃不尽的储藏的粮食，住在大屋子里，也不会受到人和狗的惊扰。李斯感叹说：一个人贤能，还是不成材，就像这老鼠一样，在于自己所处的环境不同罢了。

于是，李斯跟荀卿学习帝王之道。学成之后，西入秦，在秦国寻找到了成就自己的机会。

一个人的眼光，境界，理想，勇气，胆识，智慧，乃至品位，在不同环境中，情形迥异。所以说，人往高处走，所谓的高处，就是能让一个人价值得到最大体现的环境。

身在烂泥地，心也无法自拔，这是坏的环境对人的影响。

好的环境对人的最大改变，是让心骑上了快马。当一个人的内心不可阻遏的时候，所有外在的形式都会随之全速前进。

所以，环境对人的改变，便是对心的改变。改变环境，就是在拯救内心。

人生之境

刘伶嗜酒。《晋书》记载，刘伶外出，常带一壶酒，而且还让一个人扛着铁锹，跟在后边。喝到烂醉处，他就对这个人说：死便埋我！

好个"死便埋我"，每每读到此处，常常感慨不已。不是对他嗜酒烂醉的艳羡，而是慨叹他的这份沉溺，这份专注，以及在任性中透出的率性，散淡之中流溢的洒脱。

这是人生的一种极致，风过疏林，月挂斜楼，人生至美之境，常在看不到的尽处。如果把刘伶手中的酒换成书，换成学习，换成研究，换成事业，换成对他人的爱，换成对民族与社稷的贡献，那么，这样的人生之境，何尝不臻于完美！

所以，有追求是一回事，追求到怎样的境地是另一回事。于是，大千世界呈现给我们迥乎不同的迷离气象，更多的人湮没在庸庸众生之中，而总有一部分人，鹤立鸡群，卓然于众人之上。

报　答

晋国有个刺客叫豫让，他侍奉的主人智伯被赵襄子杀了，豫让多次想办法要刺杀赵襄子，替智伯报仇。

有一次，豫让装扮成受刑的人，躲在厕所里，刺杀未遂，被赵襄子抓住。赵襄子叹他是个义士，就把他放了。后来，豫让又"漆身为厉，吞炭为哑"，形貌声音发生了很大的变化，连他的妻子都不认识了。他希望通过整容来刺杀赵襄子，结果刺杀未果，又被赵襄子抓住。

赵襄子不解，问豫让，你在侍奉智伯以前，曾经侍奉过另外两个人，那两个人死了，为什么不替他们报仇，单单为智伯报仇呢？

豫让说，那两个人对我，只像对待一般人一样。而智伯，用国士的最高礼节待我。他这样恩遇我，所以，我要替他报仇。

你给别人拿出多少真诚、善意以及真心，别人就会以同样的方式来回报你，这个世界的好多事情都是一样的。这就像对着空谷喊话，你尽管一嗓子喊出去，而那绵长的回音，早在你喊出的那一刻，就绵延着，向你奔赴而来。

生活无言，却用最美的法则赋予这个世界永恒的魅力。

第五辑

我喜欢

我喜欢

　　我喜欢冬日拥被半躺在床上，晒着太阳，眯着眼，听外面"呼呼"的冷风声。

　　我喜欢阴雨天，雨脚缚住人脚，空山不余一粒人，一下子岑寂下来的清静。我喜欢这时候，拽一把老式的藤椅，深偎其中，一边翻线装书，一边赏檐下，滴滴答答落下的雨。

　　我喜欢对着一张古旧的八仙桌凝神，曾经杯盘的笑语，曾经碗筷的悲歌，小桌子呼过风，唤过雨，也承载大人生。我喜欢看破旧的院落里残破的窗棂，以及窗棂的勾花式样。我喜欢挂在上面的镰刀馒头，还有藏在窗棂缝隙里的几颗钉子，一截绳头。我总觉得，岁月风尘漫过的地方，有灵魂。

　　我喜欢看戏的时候看人。高高的戏台上，咿咿呀呀唱戏的人不必看。我喜欢趴在戏台边看下面里三层外三层围着的人。张嘴的，皱眉的，打呵欠的，落泪的，心不在焉的，眉目传情的，人脸才是大戏台。

我喜欢到土陌上去走走。土陌不必长，但要曲折有韵致。一转弯一处花开，一转弯一处泉涌，一转弯一松如人立。直视无碍不能看景，好景大多藏着掖着。我喜欢景扑人，景撞人，一下子意想不到，又一下子猝不及防，叫人心扑腾。

我喜欢刚学会走路的小儿，浑身散发的一股奶腥味。我喜欢小儿支棱着手，跌跌撞撞地扑到你面前，没来由地在你脸颊上亲上一口，温润的唇热一刹那攫住心的感觉。

我喜欢办公室空空的，走廊里也空空的。我喜欢半天里，突然起一阵脚步声，恍惚间，仿佛要往自己这一处屋子来，却最终没有的惊喜与落寞。

我喜欢看一本杂志从最后一页翻起。我喜欢有时候很较真地从书本里挑出一两个错别字。我喜欢站在讲台上，极认真地对学生说，挫折，也是生活的一部分。

我喜欢剪指甲的时候，不剪出一丝声音的人。我喜欢说话时半掩着嘴，生怕唾星乱溅的人。我喜欢喝酒的时候，敬酒而不强叫酒的人。我喜欢学富五车，却低调得像个学生的人。我喜欢在疾风冷雨中穿行，却轻易不喊受伤的人。

我喜欢蒙古族的马头琴，以及被马头琴拉得悠远苍凉的天空。我喜欢民间的唢呐，以及住在唢呐曲调里的正版乡村。

我喜欢你，此刻，你就在眼前，双眸似泉，刘海飞扬。我拿出所有的喜欢，只是，默不作声。

一觉足

　　香港美食家蔡澜先生说，有一次，他到西班牙旅游，在一个风景旖旎的小岛上，他看到一个老人在垂钓。那个地方实在美极了，就连海水也澄碧到可以一眼望到底。然而，让他感觉蹊跷的是，老人钓上来的，都是很小的鱼儿。

　　老人家，远处，不是有更大的鱼吗，为什么偏偏只钓小的上来呢？

　　老人微微笑笑，回答了一句让他久久不能忘怀的话：够一顿早餐就好了，多余的东西，再好，我也不需要。

　　另外一件事，是蔡澜先生在印度一个荒凉偏远的地方拍戏。他在那个地方待了三个月，也在那里连着吃了三个月一点荤腥也不见的素菜。他有些怀念肉的滋味，于是，就画了一条鱼。他把自己画的这条鱼给当地的一位老婆婆看，问她，您吃过鱼肉吗。老婆婆摇摇头。蔡澜觉得有些遗憾，说，您一辈子连鱼肉都没吃过，真可惜了。

哪知，老婆婆回答说，这东西，我连见都没见过，有什么可惜的。

我的朋友圆规，当年上学的时候，是著名才子。顺理成章，他考上了一所不错的大学，毕业后，进了一家大型国有企业当技术员。但混了这么些年，依旧是个技术员，而且忙得没白天没黑夜的。而他的同学中，有两个，已经做了地方上的某某官，还有几个，发了财，据说一出门，裘马扬扬，挥金如土，颐指气使。同学会上，大家不胜感慨，有仰慕的，有嫉妒的，也有不屑。大家说，这几个人，原来都是狗屁不是的家伙，现在却一步登天。每一个同学的脸上，都呈现出一副没处说理的无奈和感慨。

然而圆规却不然，心底无风无雨，波澜不惊。大家都为他鸣不平，说若论才干，只有你圆规才有资格拥有这样的成就啊，可你却混到这般天地，难道你真的不羡慕这些同学吗？圆规笑笑，说，来，我给你们讲个故事：

有一天中午，我歇班，外面淅淅沥沥地下着秋雨。四下里，都透着几分寒意。那天，恰好也没什么事，于是，我扯了一床被子，暖暖和和地盖在身上，一边躺着，一边听秋雨砸在窗户上的噼啪声，不久，我便沉沉睡去了。

醒来，已是下午 4 点多了，天阴沉沉的，雨还在下。那一瞬间，我分不清是早晨，还是黄昏，自己仿佛从那个时光隧道中醒过来，整个世界，所有的东西都消失了，只剩下了自由而无所牵挂的自己。一时间，心气通畅，筋骨舒展，周身三万六千个毛孔，无一处不熨帖，无一处不清爽。那一刻，我突然觉得自己，拥有了天底下最大的幸福。是的，那种从心底升腾起来的惬意和舒爽，是从来没有过的。

　　这是哪儿跟哪儿，大家都面面相觑，不知道他想要表达什么。圆规看看满脸茫然的大家，笑笑，解释说，当我每天忙得连个好觉都睡不了的时候，即便有多尊贵的官位，多少的钱财，我都不需要，因为，那些东西都太遥远了。

　　有时候，人只会去够那些够得着的东西。对于我来说，一觉足矣。

弓箭手

他杀到了宁海县城。

这场战斗，只杀得天昏地暗，日月无光。残墙断垣处，血流成河，尸横遍野。双方的将士都死光了，这边，只剩下了气息奄奄的他，而敌人那边，也只剩下遍体鳞伤的光头将军。他和光头将军的武功不分伯仲，但对方的级数比他高，也因此，对方比他多一项技能——射箭。光头将军故意避开他，一箭地的距离，不远不近，一箭一箭，消耗他的生命值。

他有些后悔了。

作战初期，他觉得自己兵精粮足，府库金银充裕，可以凭借一己之力荡平群寇。当时，有人愿与他结盟，他断然拒绝了。他在电脑上打下一行字：爸爸，我行！

是的。每个周末，他都要到父亲的工作室去玩几局游戏。他喜欢玩游戏，但并不沉迷，也因此，他的游戏中，爸爸也常掺和进来。譬如今天，爸爸要结盟进来帮助他，他没有同意。

我已经长大了。说完，他旌旗一指，挥师南下，大军浩浩荡荡。他是将军，骑在马背上，缨索飞扬，意气风发，一路高歌：男儿郎，应志在四方……

然而，战争打到现在，身边无一兵一卒，府库里也没有一分钱，他成了光杆司令。更要命的是，现在，光头敌将故意不与他正面交锋。看来，这家伙，想把他一点一点拖垮。

就在他无计可施之时，一骑飞奔而来，白马白袍，杀入阵中。一看，是一个级别较低的弓箭手。就在敌将又一箭射向他的一刹那，弓箭手奋不顾身，挡在了他前面，重重挨了一箭。他借机一抽身，逃离了敌将的射程。弓箭手也不示弱，只见他拈弓搭箭，不由分说，射了光头将军一箭，正中左臂，顿时，敌将的生命值消耗了一格。光头将军显然被突然冒出来的人激怒了，他掉转弓弩，使出浑身力气，恶狠狠地一箭射将过来。是谁？怎么回事？他顾不上多想了，挥剑冲上去，正好与光头贴身交锋，他蓄积所有的功力，一招"雷霆落九天"杀向敌将，光头一招"奇门遁隐"相迎，然而，光头躲开了他的招数，却没有躲开远处弓箭手的箭，"嗖"又是一箭，中了右肩，光头的生命值瞬间又少了一格。

光头分身无术，疲于招架，就在敌将的生命值快耗尽的时候，他使用了最厉害的一招"梨花落雨"，剑光一闪，光头应声倒地，敌人死了，他胜利了。

他长长地出了一口气，敛惊魂，收散魄，好长时间才回过神来。此刻，沙场上，北风呼啸，狼烟四散，已没了弓箭手的身影。是谁，他死了还是活着？他为什么要帮我？他坐在电脑面前，发了半天的呆。

他有些疲惫了，下了线，关了机，一起和父亲去吃午饭。在餐桌上，他和父亲谈起了刚才惊心动魄的游戏，他谈自己最后如何被敌将一箭箭射得无路可逃，又如何在冥冥之中被人救助等。

父亲说，救你的人，是个弓箭手吧。

啊？你怎么知道？他愣怔着，嘴巴张得大大的。

父亲淡淡地笑了一下，解释说：孩子，在你最危难的时候，在一箭远的地方，那个弓箭手，早已为你的箭创，疼痛不已。

看着父亲，突然间，他泪流满面。

伞下一肩雨

那天，下着雨。

迎面走过来两个人，是两口子，很年轻。他们走得很匆忙，一边走，一边说着什么。他俩共打着一把伞，伞在女人的手里。男人又高又胖，女人把伞举得高高的，故意把伞盖倾向男人一边。

男人只顾往前走着，一边走，一边和女人说话。

他们经过的时候，我看见，女人的右肩上，落了一肩的雨。但，男人不知道，男人只顾说话，只顾向前走路。

一瞬间，人生走过。然后雨过，然后天晴，然后，那一肩的雨风干。只要女人不说，男人永远不会知道这一切。

下面一个故事的主人公是一个年轻人，在一次误操作中，他被工厂的机器压残了双腿。为此，他要死要活地闹了好长一阵子。那一段时间，母亲战战兢兢，小心陪侍着他。

好不容易，他从这场灾难的阴影中走出来，开始摇着轮椅四处转转。有人劝母亲，说，趁孩子年轻，带着他去好看好玩的风景名胜区看看，多见见世面吧，或许，他会好些。母亲摇摇头，说，家里挺好的，我们哪儿也不愿意去。

起初，年轻人不以为意，母亲怎么说，他就怎么听。

有一天，年轻人被网上的一组照片惊呆了。他突然对母亲说，妈，我想去黄山！母亲一怔，呆了一会儿，说，孩子，咱们哪儿也不去，家里就挺好的。

谁知道，这一次年轻人突然愤怒了，他咆哮着对母亲说，你哪里也不带我去，你想把我憋疯啊，我看你是舍不得花钱！

母亲像是做错了什么，站在一边，一句话也不敢说。之后的日子，他动不动就和母亲耍性子。然而，无论他怎么闹，母亲只是闷着头做事，一句话也不说。

人们都说，这做母亲的，也太抠门了！

几年后，他成了家，有了妻儿，还开办了一家效益不错的小工厂。一天，在饭桌上，一家子吃饭。他提议说，妈，现在咱家条件也好了，一家人出去转转吧，好多名山大川，我们还没看过呢。母亲坐在那里，一边大颗大颗落泪，一边连连点头说，是，孩子，咱们该出去了。然后，便颤颤巍巍地从另一个屋里找来一包东西。

母亲一层一层把包打开，里边包裹着厚厚的几沓人民币。母亲满眼噙着泪花，说，孩子，妈不是没有钱，那些年，不带你出去，真的不是舍不得花钱，妈只是不敢，妈怕你看到别人都活蹦乱跳的，自己再想不开……

年轻人听罢，先是一愣，接着，便抱着母亲号啕大哭。他哪里知道，母亲这些年来，为他遭受了多少辛酸与委屈。

在我们的生命中，好多人都为我们擎过一把伞，有形的也好，无形的也罢。更多的时候，我们把绚丽的生活过黯淡了，把精彩的日子过平常了，就是因为我们活得太过粗心，从来没有意识到头顶上有这把伞，也从未留意过落在亲友或他人肩上的那一肩雨。

是的，如果我们留意到了，就一定能在那一片湿润中，触摸到人生的幸福。

只愿沉溺在这小小的细节里

1

我一直以为，麻雀是蹦着走的。那天，我看到一只麻雀，它逡巡着，碎步双挪，那一刻，小小的它，寂静的，像个公主。

我一直以为，麻雀们嬉闹的时候，只会在一棵树高高的枝头，倚着高远的天空，腾挪跌宕，上下翻飞。那天，在一丛低矮的柏树里，我看到它们竟收敛翅膀，紧锁身子，在密密匝匝的叶脉与枝缝里，互相追逐。

这种顽劣，看得我心疼与欢喜。

2

出去开会，同住一个房间的，是一个素昧平生的人。

没话。

我在看书，他在剪指甲。

他低着头，剪得很慢，尽量让刀口一点一点地行进，按压指甲刀时，也小心翼翼地，生怕弄出一点响动。

后来，他睡着了。我合上书，静静地，躺在那里，不发出一点声响。

那一晚，那间客房的空气中，浮动着，最人性的寂静。

3

我一直以为，大凡野性的动物，总是要避人的。

然而，它却一直在我们的视线里。在教学楼前一株高耸的针柏树上，它筑窝在树杈的交汇处，产蛋，孵雏，两年多了。每天下课铃响后，学生们都要倚着走廊的栏杆，围着它看，而且，指指点点，品头论足。

它呢，有时候，脖子挺得直直的，眼睛瞪得圆圆的，仿佛是很警觉的样子。但更多的时候，安卧在那里，一动不动，沉静得如入定的僧。

走廊的栏杆与那棵树仅一步，但，它没有怕过。

是的，两年多了，没有一个学生动过它的窝，动过它产的蛋。动过它的雏儿。当一个生命的尊严得到最高敬畏与尊重的时候，这一小步，便成了世界上最美的一段距离。

我该羡慕它，那只安卧着的，幸福的野鸽子。

4

进门的时候，后边跟着一个扎着小辫的小女孩。

她离我还有两三步远，我扶着门，一直等到她走进来。

她进来后，盯着我看，一脸的纯净。随后，她回过身来，用小小的手，吃力地扶住了门框的边缘。

我说，你要干什么。

小女孩说，叔叔，你什么时候出去啊，我也想为你开一次门。

5

雨后，大街上有许多积水。

驱车走，每当有骑自行车的或者行人经过的时候，我故意开得很慢，慢的，几乎要停下来。

我注意到，好多人都会因此而向驾驶室的我投来一瞥。那一瞥里，含着亲切、友善、赞许，以及无上的敬意。

我常在这尊贵的一瞥里，触摸到自身生命的芳香。

6

喜欢下面的对话，而且喜欢极了：

（热得）出汗了。

哦，吃饭了。

不，爷爷，我说出汗了。

啊？都快一点半了。

洗净一段旧时光

走，下河洗羊去。

父亲一撂饭碗，冲着即将倒在炕上歇晌的我喊了一句，并顺手从后炕的筶箩里，扔给我一团黑黑的东西。一看，是用父亲的秋裤给我改做成的短裤。我胡乱换上，一提，裤口就兜在了前胸上。父亲淡淡笑过，一扭头，开始往河滩走。

晌午的村庄正静。几排土坯房子，低低地伏在空旷的两面土坡上，像失了生气的秋虫，寂寂的，不动。只有四近的几棵杨树上，有几片树叶，息利索落地鸣奏着些单调而琐碎的音乐。空气中散发着阳光暴晒过的庄稼和青草的味道。偶尔有一声彻彻的驴鸣，一声懒懒的狗吠，从田野深处，从巷道内里，直直地升起来或软软地荡开来。

我和父亲都赤着脚，地上是一片又一片的烫烫的阳光。父亲两片阔大的脚丫子，很快就在沙土上留下了两行脉络分明的脚印。我没有选择另走一条路，而是悄悄地跟在父亲的后头，我把自己的脚印故意叠在父亲的上头，我深一脚浅一脚地重复着父亲的路。一些隔年的尘土在我们的身后扬起，荡动在透明而又鲜亮的空气中。

父亲走着走着，突然一转身，站定。我一下子没收住自己，撞到父亲的腿上。父亲好像突然间恼怒了，抬起手，就在我的脑门上拍了一巴掌。

走到一边去。父亲说完后，甩开脚丫子继续往前走。这回我不敢跟在他后边，我故意离开父亲一段距离。后来，我一回头，发现后边开始有了两行细小的脚丫子印，再看以前的一溜沙地上全是父亲的脚印，风一刮，那还有我自己的。

我学会走自己的路，大约就是从父亲拍了我那一巴掌开始的。

河，在对面山下，没有名字。我们就叫它大河。尽管以后我在山东看过黄河，在南京看过长江，但心中还管家乡的这条河叫大河。塞北的家乡没水，遇水就觉得浩瀚，就愿意把他说大了。

远远地看过去，河滩上有了不少的人。几绺细水，在太阳的映照下泛着粼粼的波光。我们要到那儿，还要穿过沤麻的几个麻坑，再翻过一片烂石岗子才行。这堆用来防洪的石头，此刻烫得像块烙铁。我绻紧脚指头，弓起脚心，飞也似的跑过这片石头，然后赶紧把两片脚丫子没入水中。晌午的河水温润润地，有一种深入骨髓的熨帖与舒服。

沙滩上，父亲正找我家的羊。我家有五只羊，都白白胖胖的，此刻所有的羊都扎着堆，它们的头都掩在彼此的缝隙里。果然父亲喊了我一嗓子，要我和他一起找羊。父亲说，羊们头都扎得低低的，谁还能认的是谁家的。我围着羊转了一圈，突然抱住一只羊的头，朝着父亲喊，这儿有一只。父亲讪讪地笑着走过来，说你咋认得。我说这是咱家那只断腿老羊，那年冬天偷吃青草，你打断了他的后退，我一看它后蹄子浅浅地耷拉着，就知是咱家的。父亲两腿夹着羊头，拖着羊往河里去。我接着找其他的羊。

河滩的上人逐渐多了起来，空气中开始有了一阵羊的腥膻味，还有一些来自挣扎的低沉嚎叫。我顺利地找到了其他的几只羊，一个尾巴肥大，一个塌腰，一个屁股上沾着块洗不下的羊屎，一个是胯上有一块黑标记——断腿的老羊去年腊月生在大南梁的那只。那些年，我正好留意观察着生活中的一些事情，并学会了暗暗地记在心里。当时也并没有起到多大的作用，顶多是洗羊的时候帮父亲找找羊，牲口野在地里不回家，我知道它藏在哪条沟岔里，和谁家的毛驴在一块。我还发现，这种时候只要拴住那头驴往回走，再野的牲口也准会一块跟着回来，生拉硬拽动粗的都不顶事。我没想到，当时我在岁月深处拾起的这些并不起眼的东西，二十几年以后会突然金子一般堆在我的人生经验里，让我感受着不劳而获的喜悦。与别人可能扑朔迷离的生活相比，我只需深入浅出，就能轻易地抓住它藏在背后的本质，而不会空做一场事，傻等一个人。

父亲已经洗完了那只老羊。剩下的时间，我和父亲一起洗余下的几只。我在水中刨了个大坑，父亲把羊拖进去的时候，水正好齐腰流过。父亲说，正好。父亲用腿夹住羊，姿势就像秋天搂草时夹着大耙，笨拙而又实用。父亲从羊尾巴开始洗起，我则从羊鼻孔开始洗起。羊很温顺地接受着我给它的沐浴，我洗净了它鼻孔中经年的一些污垢，这样它在以后的日子里可以心通气顺地活着。我洗的时候，动作有些大，但它没有挣扎，它静静地站立着，享受着人类给予的抚慰、温情和关怀。

这会儿河滩上开始有了不少洗过的羊，太阳一晒，再刮过一股子清风，河滩上好像有一块白白的云彩浮动着。远处，有几只叫石鸡子的水鸟，在清水漫过的沙石上急速地飞奔。父亲把那只塌腰的羊往岸上一放，说洗完了，拾掇上你的裤子，回家。说完后，父亲把他的裤脚往下一抹，就开始往家走。

大人们渐次走尽，只剩下一川的河水兀自流着。浑了的水开始变清，我刨下的那个大坑也被泥沙一点一点填满，过不了多久，这里又会是平展展的，一切都如往常一样。或许河水并不知道这里发生了什么，这里每天都要经过一些牲口，走过几个人，没入形态各异的脚印。但没有谁能把自己的脚印在泥沙底下悄悄藏住，流水轻轻一冲，一切都会烟消云散，什么痕迹也不会留下。看来，流水和岁月一样，它并不想让什么东西咋咋呼呼地永恒下来。

父亲走了一段路，突然回过头喊了我一嗓子，我说我从后西沟绕着回去。父亲没管我，只在风中停顿了一下就走了。他猜我绕后西沟走，一定想趁大中午偷坡上王老五的香瓜子吃。父亲这次猜错了，实际上当我上岸找衣服时，我发现，我把那条用父亲的秋裤改做成的短裤给丢了。

听一听我们的感觉

有这样一个实验：

实验者在球馆的角落上，安放了一张乒乓球台。这张球台的布置与其他球台几乎没有什么区别，唯一不同的是，实验者撤掉了周边一小块区域的挡板，而这块区域的后边，是拱形的楼梯洞，球如果打到楼梯洞里，打球的人需弓下腰身钻进去，半蹲着捡球，总之，会费一些周折。

每次会有不同的人来这里打球。结果是，所有的人都抱怨，觉得没有那块挡板，很别扭很难受。调查的数据显示，一多半的人认为，差不多有百分之二三十的球会跑到楼梯洞里，更有甚至，认为差不多有一半的球，会打到那个鬼地方，捡起来十分费劲。

事实上，实验者统计得出的数据是，乒乓球被打到楼梯洞里的几率从来没有超过 5%。为什么主观感觉和客观数据会有这么大的差别呢？

原来，每个人的心底，都会对这个世界有一个理想期待，当事实与期待的目标有差距后，这种差距投射到自我感觉上，就会被不自觉地放大。

而更多的时候，我们对这种歪曲与放大却浑然不觉。

奖金别人的总比自己的多，上司可憎的总比可爱的多，日子不如意的总比顺心的多，心情烦恼的时候总比快乐的时候多，命运垂爱别人总比垂爱自己多，人生苦痛总比幸福多……生活中，我们的心底里充斥了太多这样的感受，似乎我们成了生活的顺毛驴，可以与遂心为朋，却难与不如意为友。一旦生活为难了我们，我们交付给生活的态度和情绪就只剩下了否定、计较、抱怨和愤怒。

而产生这一切的原因，其实很简单，就是我们每个人都有一颗太自我的内心。贪婪，自私，虚伪，鄙陋，狭隘，所有这些，都会自觉不自觉地引领我们颠覆客观事实，放大主观感觉。当然了，在公正和客观被破坏之后，一颗失衡的心，忖度到的世界，只会是一个倾斜的世界。

银碗里盛雪，才会辉映出天地之白。如果我们每个人都能在内心里剥离贪婪，淡化私利，消解鄙陋，散去狭隘，跳出自我的范围，让眼界与胸怀卓然于世俗之上，一个被主观熏染与浸泡的尘世，自然就会烟消云散，了无痕迹。

唐山一带的人喜欢把"闻"唤作"听"，"闻一闻，多香"，到了他们那里就曼妙成了"听一听，多香"。我一直喜欢这个富有诗意的通感用法。我借其妙处，不妨也委婉地来一句：听一听我们的感觉吧。这"听"，就是对平素生成于我们内心的所有感觉，进行一番听诊、审视、体察和省悟。

我是想，世界会不会因了你我这智慧的一"听"，而清丽入尘，模样大变了呢。

相爱的爱

初春的正午，公司短暂的休憩时间。

他躺在转椅上，太阳从写字楼玻璃幕墙一寸一寸晒进来，暖融融的，像无数婴儿的手抚摸着，他的脑袋有点沉，快要睡着了。

这时候，她走过来，说，给你。语调轻轻的，柔柔的。她的手里，是一小杯冲好的药，她小心翼翼地捧着，眉目间，万千疼爱在瓷杯的波光里流转。

这是同仁堂的感冒药，趁温热喝了吧。你好像从周一就感冒了，都好几天了。

周一！他的心里"咯噔"一声。是的，他的嗓子是从周一开始疼的，当时，只是有些沙哑，他没有向谁提到过这件事，就连他也不知道，自己要感冒了。

但，她注意到了。

以后，稍有苗头，就早早服药，拖得时间长了，对身体很不好的。她说话的时候，眼神在空气中流动，仿佛是另外的婴儿的手，摩挲着尘世。

药在我办公桌下的抽屉里，晚上记得喝。她转身走了，但眼神还在，在他的心里荡漾着，暖暖的，像一圈一圈散不开的涟漪。

同事在北四环边上，买了一套房子，过上了幸福的房奴生活。办公室的人们一起去庆贺乔迁之喜，同去的，有他，也有她。

大家来自天南地北，说好了，每人做一个拿手的家乡菜。他不会。她说，我做两个，算你一个。他讪讪地说，那我就给你打下手吧。

她笑，他也笑。

白领们的厨艺，并不像他们案头的工作，那样驾轻就熟。很快，厨房里就乱作一团了。

喂，注意！是他的一声断喝，电光石火一般。正在菜板前忙乎的她，赶紧缩了手。

怎么啦？

他什么也不说，径直走过去，把案板上利刃朝外的菜刀翻转过去，并把它往里推了推。

你看，刀刃很锋利的，小心拉了你的手。

他说得很严肃，仿佛在菜板上穿梭的，是自己的手。

然而，一转身，她就忘了。切了菜，刀刃依旧朝外，风风火火地忙这忙那。

他不说什么。她忘了的时候，他就过去，把菜刀翻转过来，让刀刃最锋利的光芒避开她，指向墙，或者指向另外无谓的所在。

共四五次。

不过是四五个刹那，一刹那也不过如烟花的明灭，可绚烂却深深地留在了她的心里。

同一办公室白领们，如果没有走入地下，那么只有两种光明正大的结局：一种是成为简简单单的同事，一种是成为轰轰烈烈的恋人。

他和她轰轰烈烈地相爱了。

他该说，你是一个细致的女孩。她该说，你是一个细心的男人。但，他们谁也没有说，只是听任时光为爱痴狂。

也许，只有在老去的那一天，他们在屋檐下，晒着冬日的暖阳，满头银丝的她为他捶着背，满脸皱纹的他为她捏着脚。她说，老头子，你只翻转了一把菜刀，就把我的心勾走了。他说，老婆子，你就记住个星期一，就把我的魂勾跑了。

然后，相视一笑，白头到老。

在武侠世界里问爱情冷暖

《倾城之恋》中，白流苏一出场，那个与她离婚七八年的患肺炎的丈夫就死了，当徐太太把这个消息报告给白公馆后，白流苏正在"屋子的一个角落里，慢条斯理地绣一只拖鞋"，于是，就这件事，尖酸的三爷，刻薄的四奶奶，开始轮番挤兑白流苏，明枪暗箭，一波又一波，一浪又一浪，到最后，已经不完全是奚落和嘲讽了，简直就是侮辱白流苏——这个寄居在他们家里的亲妹妹，尽管白流苏也当面锣对面鼓地奋起反击，但她还是气得"浑身颤抖，用绣鞋的鞋面使劲抵着自己的下颌，下颌抖得仿佛要落下来……"

每次读到这个开头，我都会读得惊心动魄，一时间，风生水起，满目凄凉。我怎么也想不明白，这旧上海，这白公馆，这一家人，哥哥不是哥哥，嫂子不是嫂子，妹妹不是妹妹的，像充满着深仇大恨的阶级敌人，一出场，就剑拔弩张，杀气冲天。

白流苏在这样家庭环境的挤压下，也有些病态。本来，徐太太是要把范柳原介绍给七妹宝络的，结果，一场舞会过后，范柳原爱上了她。但她并不觉得自己做错了什么，她的意思是，给所有的家里人一点颜色看看——你们以为我白流苏这一辈子已经完了吗？早哩！

这是很白流苏式的悲剧。一个大家庭，如果维系人心的，只剩下金钱的话，人世所有的温暖，也就烟消云散了。

后来，白流苏果然就和范柳原好上了。在寂静的香港浅水湾饭店，范柳原很直接地说，喜欢白流苏一低头的美。或许，女人只需一点打动了男人，男人就会全线崩溃，为她疯狂。

不过，他们在香港这一段爱恋，似真若假，且即且离，反正，我无论如何也没有看明白，范柳原是死心塌地爱着白流苏，还是巧布浪漫在玩弄她。不过，这一切看起来是那么真实，一个有钱的男人，尤其是一个花花公子式的有钱男人，你是不会看到他的心底的——假作真来真亦假，真真假假，虚虚实实，因为玩弄感情和爱得死去活来实在是太相像了。

当然白流苏也是过来人，她心里明白，范柳原是个情场高手。隐约中，她也感觉到，范柳原是在玩一个爱情把戏，但她情愿假戏真做。因为，在这样的一种情形下，女人只会是一个心甘情愿的俘虏。是的，当一个女人想着要把心交出来的时候，实际上，她交出的，是人生的全部。

哪怕勾勒出的，只是一个虚幻的梦境，爱恋中的女人，也情愿把它做圆满了。然后，幸福地闭上眼，即便最后，梦破了，碎了，她，也认了。

就在谁也不清楚他俩的爱情会发展到何种结局的时候，在"轰隆隆"的枪炮声中，香港沦陷了。这场倾城之恋，终于有了一个不错的句号——范柳原和白流苏结了婚。他不过一个自私的男子，她不过是一个自私的女人，在兵荒马乱的年代，个人主义者是无法容身的，可是，总有地方容得下一对平凡的夫妻。危险的爱情过渡到了屋檐下的人间烟火阶段，这个故事，以及故事中的女主人公，暂时算平安了。

真为白流苏捏了一把汗。

是的，一个在冷风冷雨中活过的女人，已经是极为不易，如果再遭遇一场爱情的灭顶之灾，那这个女人就彻底走向了悲剧。

也许最让人羡慕的爱情，只在武侠的世界里。你看《射雕英雄传》中，那么一个又傻又笨的郭靖，先是被蒙古公主华筝爱得死去活来，后来又被东邪黄药师的女儿黄蓉那个天底下最聪明而又最古灵精怪的女子爱上了，真是傻人有傻福啊。

书中有这样一个情节，黄蓉被铁掌帮的裘千仞打成重伤之后，她怕自己会不久于人世，于是，她求她的靖哥哥答应她一件事，即最著名"三准三不准"：

在她死后，准许郭靖再娶一个人，但这个人必须是华筝，因为，除了她，这个世界上，只有华筝才是真正爱他的靖哥哥的，如果是其他人，会骗了靖哥哥；

在她死后，准许郭靖为她建一个坟茔，但在祭拜她的时候，不准带华筝来，因为她始终是一个器量很小的人；

准许郭靖在她死后，为她伤心一段时间，但不许靖哥哥为她而意志消沉……

你看，一个女人对一个男人的爱到了如此之地步。张靓颖在《神雕侠侣》的主题歌中唱道：穿越红尘的悲欢和惆怅，和你贴心地流浪，今生为你痴狂，此爱天下无双。可惜张爱玲笔下的白流苏是读不到这样的爱情故事的，倘若她能读到，我想，她一定会在人生的骤风冷雨中深深地长叹一声。

这一叹，多少爱，黯然神伤。

买得一枝春欲放

　　天空好像酝酿着某个别致的想法，一连好几日，阴沉着，不说话。

　　然而，昨天一个晚上，静静的小城，便落满了白的雪，薄薄的一层。

　　窗外，小鸟落在疏疏朗朗的枝柯间，像一个逗号，落在水墨里。它"扑棱棱"地飞去，又"扑棱棱"地飞回，纤细的枝柯随着它的停留或飞起，上下颤动着，流宕出一串快乐的音符。也许，那该是一只小鸟说与这时光的，低回的耳语吧。

　　单位在城西，家在城东，这之间是长长的一段路。我走在路上，看到一个人，又看到另外一个人，他们和我一样，穿行在浅浅的雪地里。几个有说有笑的女孩子，她们把娇美的容貌，藏着白白的口罩后面。口罩上面，两只大大的眼睛，像升起在矮墙上的皎洁的月亮。这个世界真是奇妙，在生命中每一个不同的时刻，我们都会遇上不同的人，譬如今天的她们，虽然都是生命中的匆匆过客，却在某一个瞬间陪伴了我，装饰了我生命的梦境，然后转瞬即逝，像一个破灭的皂影。

而我们呢，也曾是别人的过客，这过往的一年中，曾经装点过谁的梦境呢？

高的楼宇，矮的房子，直立的梧桐树，在雪的光与影里，有几分硬气，又有几分峭拔，那冷峻的线条，像素白的笺上，墨泼出的枯枝，直愣愣的，刺向萧索的天空。而天空呢，还是灰蒙蒙的，但确已是放晴的迹象。平原初春的天空，晴到这个份上，已经不算含蓄了。这里，没有远山，没有近水，一下雪，便天地一笼统了。

走到前边转角处的时候，一个女孩，斜挎着一个花篮，在卖花。一枝一枝的花，包在花纸里，只微微探出一个头，看着纸外边白得有些精致的春天。

女孩穿着齐膝的红色羽绒服，白白的围脖，松散地斜系在领口，鬓云欲度香腮雪，这女孩，本身就是一朵花吧。

突然想起李清照《减字木兰花》中的两句："卖花担上，买得一枝春欲放。"我走上前去，说："小妹妹，花怎么卖？"小女孩没说话，左手的食指和右手的食指交叉一搭。哦，我明白了，10块钱。

再往前走的时候，我的手里，已经多了一枝鲜花。我要把它插在写字台旁边的花瓶里，然后，在时光的交汇点上，看着它，一点一点地，为我氤氲出春天的气象。

人到中年

"咣当"一声，一件精美的瓷器碎了。

岁月更多的时候不动声色。它突然之间打碎的，却总是最美的东西。人在青春的年龄段上，生命就像一件精美的瓷器，在一大把阳光的照耀下，美轮美奂，熠熠生辉。然而，就在你恣意挥霍这青春的光泽，浑浑噩噩快昏了头的时候，时光一抬手，"咣当"一声，一地的碎瓷，一下子把你推到纷乱如麻的中年。

恍然一梦。

以前日历翻开新一页，心里迎接的，只是纯粹的新的一年；而现在，日历翻开新一页，心里所想的，却是增长了沉重的一岁。一个人，如果拥有了这样的心境，已经无可挽回地步入了中年。

中年，是开始对岁数敏感的年龄；中年，也是活得更为现实的年龄。

以前像雪落大地，笼了村庄，笼了山川，放眼望去，是满眼的白，是满眼的美。现在，还是雪落大地，还会有白，还会有美，只是更清楚，雪花之后，美消散之后，大地上会污水横流，汽车上，器物上，会留下的道道污痕。

套用池莉《熬至滴水成珠》中的一句话说，人生到这个年龄段上，一下子苏醒了，或者说，叫"知春"了。

十多年前，我毕业，进到一家电力自动化公司。有一次，见两个同事攀谈，他们谈到了年龄。一个同事问，你今年多大了。另一个同事颇为黯然地说，快四十了。那一刻，我仔细地盯着那个快四十的同事看，看他的脸，看他的头发，他的神态，他的衣着，品咂着他言语中的唏嘘感慨。心里吃惊道：这个人，竟然快四十了。

现在，自己也到了让别人吃惊的年龄。回头一望，从青年到中年，竟也稀里糊涂，全然不知道是怎么过来的。

但这十多年的生活，又让我体悟出了对比：

二十多岁的时候，锋芒毕露，只顾猛打猛冲；人到中年，开始懂得瞻前顾后，藏愚守拙。二十多岁的时候，觉得无所牵挂，什么都可以放得下；人到中年，上有老下有小，又突然觉得什么都撇不开。二十多岁的时候，把爱想得轰轰烈烈，觉得爱情就是浪漫，就是童话；人到中年，懂得了婚姻就是锅碗瓢盆，就是平平淡淡过日子。二十多岁的时候，总是想着要干点什么；人到中年，开始思考自己都干了点什么。二十岁的时候，为一句话，可以打得头破血流；人到中年，对生活，也能逆来顺受，懂得了忍辱负重。二十岁的时候，心情愉悦才叫幸福；人到中年，感到内心平静，就是幸福。

下过整整一季美丽的雪，雪化了，岁月，露出了它本来的面目。人生，过了只需欣赏美的年龄，生活的丑、恶，种种的古怪，样样的离奇，也全面进入你的视野，需要你去平静地去面对，去接纳。

但心理年龄似乎永远只停留在二十几岁上。买衣服，总是想象着自己年轻时候的样子去买；走到大街上，看到俊男靓女，忍不住要多看几眼；甚至与人较量，心里想，（自己）还年轻呢，怕他什么！

这时候，年龄仿佛是一个无法接受的坏名声。心里一边抗拒，一边却又招架不住。实际上，岁月，又是谁能轻易招架得住的呢！人到中年，就像一杯隔夜茶，茶似乎还是这个茶，但，味却永远不会是原来的那个味了。

这时候，关注生，更敬畏死。有人去世了，去一回火葬场，就对生死看得更清楚一点，更深入一点。开始认识到生命的脆弱与渺小，开始感受到命运的无常与不测。死实在是比生更容易，更简单。于是，对生的艰难，就会看得更达观，对多舛的命途，就会接受得更平静。

"父母在，不远游，游必有方。"以前对孝的认识，只停留在一个概念上，一个名词上。人到中年，有了自己的子女，才明白了孝是什么。父母病了，会真着急，会真牵挂。尤其不在父母身边，千里迢迢，一个电话回去，所牵系都是父母的身体，才意识到，孝敬父母，不仅仅是每月寄钱回去那么简单，围绕在他们身边，嘘寒问暖，有时候，比钱更贴心，也更温暖。

人到中年，对成功有了理性的认识。这种理性中，含着对自己的正确审视。到这个年龄，自己是一盘什么菜，应该搞清楚了。如果还没有搞清楚，不是自己太矫情，就是太缺乏自知之明了。"陈力就列，不能者止"，这就是最大的理性。大科学家，大作家，大学者，统统去吧，让那些该当的能当的人去当吧。萤火虫光亮不大，一丁点，也是自己的光亮。蛰伏尘世，能留下属于自己的痕迹就行了。

贾平凹说，佛不在西天，也不藏在经卷，佛不在深山古庙里，佛在熙熙攘攘的人群里。人到中年，正是心里生佛的年龄。佛心，就是心底的慈悲；佛性，就是自我的悟性。到了这个年龄，谁也会对世事人生有一些感悟，虽说还谈不上看破世事，弄懂人生，但或深或浅，或多或少，深深浅浅多多少少，有了自己的认识，这也该算是岁月给自己的一笔馈赠吧。

中年，是渴望疯狂，却只能在心底疯狂的年龄；中年，是不再追求完美，却希望完善的年龄；中年，是抛开永恒，寻求平衡的年龄；中年，是少了思念，多了怀念的年龄；中年，是有负担，要负责的年龄。

一只蝴蝶飞远了，又一只蝴蝶飞远了。中年，是一棵站在盛夏的树，企盼着秋天红艳的果实，却又害怕落叶飘零的凄冷。中年，有一些喜悦，也有几许惶恐，多了一份沉沉，也添了几丝忧伤。

中年，是说不完道不尽滋味的年龄。

人性的跌宕与浮沉

　　那一年，我在山沟里的一所中学教书。秋天的时候，通过自己的努力，我争取到了一个调入城里的名额。

　　我满心欢喜地去找校长，把我要调走的事儿告诉他，然后沉浸在喜悦中，等待他与我一起分享这来之不易的消息。哪知，校长听完后，略为沉吟了一会儿，不高兴了，脸黑沉着，说，你走了，学校怎么办？

　　我不禁愕然。

　　记得，就是他，曾在春天一个暮色萌动的黄昏，在学校的一棵白杨树下，语重心长地对我说，马老师，有机会往外走走吧，老在这个破学校窝着，也不是个事。

　　就是这样一句安慰和劝勉的话，让当时活得失魂落魄的我，感动得有些不知所措。我说，谢谢你，校长。他笑了，年轻人嘛，该往外走走，闯闯。那一刻，晚春柔和的夕阳，照射在他的脸上，他的脸温润饱满，闪耀着长者温暖宽厚的光芒。

然而，当我争取到这样的机会，他反而不高兴了。我丈二的和尚，有些摸不着头脑。按理说，我只是那所学校的一个普通得不能再普通的老师，在这之前，也没有任何迹象表明，我的存在，于那所学校，有多么重要。但这一刻，仿佛我走，学校就会塌了似的。

我没有搭理他，继续办理着调动手续。

一天，他又把我叫到了他的办公室。他抽着烟，脸色凝重，他说，你真要走？我点点头。那也好，不过，我事先和你说下，你要走，就带着你媳妇一块走，否则，我这里也不收留她——他，居然釜底抽薪，使出了这样让我难以招架的招数。

其时，妻子也在那所学校教书，正带着蹒跚学步的小儿。明摆着，我走之后，她还得也必须暂时在那儿待着。所以，当校长这样正告我的时候，我一下子傻在那里，不知道如何是好。

我一摔门，从他的办公室出来。是恨，是气，是无奈，都说不清楚了，我实在想不明白，他为什么要阻拦我，逼迫我，而且，到了这种歇斯底里的地步。

若干年后，在城里的酒桌上，我遇到了他。在朦胧的醉意中，他端着酒杯，询问我们一家人在城里的生活工作情况，善良而恳切的神态，一如那个暮色萌动的黄昏。

有时候，想想，人性的跌宕浮沉，竟是这样不可捉摸。你简直无法说清楚，一个人，到底是一个好人，还是一个坏人，到底是该爱他，还是该去恨他，到底该与他计较到底，还是一笑而过。

譬如，在酒桌上的一刻，那个曾经刁难过我让我费尽周折差一点没调进城里的可憎可恨的人，端着酒杯的样子，温善的，竟像一尊佛。

你说，与这样的人，你还有什么可说的。

生活的苍凉背影

那天，我到经常去的一个理发馆理发，小师傅是我的一个老乡，看见我，笑笑，波澜不惊地来一句，你来了。我说，来了。然后便是洗发，然后便是剪刀在脑袋上熟练地飞奔，然后便是有一搭无一搭说话，股票涨跌，工作忙闲，家长里短：一切都是平素的程式，在夏日的这个平常的午后，有条不紊地进行着。

我眯着眼，像是要睡着了。空气中，剪刀在脑袋上发出的钢铁锐响，顾客出入的杂沓而沉闷的脚步声，起伏浮沉。

聊着，聊着，小师傅劈面说，哥，我这是最后一次给你理发了。

真是雷霆乍惊，云垂海立。我一惊，猛地睁开眼。怎么啦？我有些慌乱。小师傅倒是轻拢慢捻，笑笑说，也没什么，过几天，我要到另一个县城去，我和我哥哥在那里开了一个发廊，打了这么长时间工了，我想趁年轻，自己干点事。

发理到一半，心突然间空荡荡的，没了着落。掐指一算，小师傅来这座小城，已经六七年之久了，我的这颗脑袋也让他打理了六七年之久。现在，这脑袋的旧爱要走了，生活会从哪一个地方为我觅得一个心仪的新欢呢？

襟袖间，笼满苍凉。

想起前些日子的一个早上，平素沉寂的QQ，突然间头像频闪。打开一看，是东北一家杂志的一位编辑，他极为伤感地告诉我，他从原来的那家刊物出来了，到了一家文摘编辑部。他说，马哥，你再找一个合作的编辑吧，以后，我不能编你的稿件了。随后，他打了长长的一串省略号，便没有了下文。

那一刻，心头百般滋味。

我们在文字上的合作，有些年头了，且一向甚为默契。逐渐的，我们成了很要好的朋友。文字之外，我们无所不谈。甚至，若是好几日在QQ上不见了对方的"身影"，就会发一个短信或者打一个电话互致问候。然而，这样一个好朋友，突然要在这本杂志的某一个程序中或环节中消失了。也许，以后的日子，我们还会似有若无地联系。但是，在可以想见的将来，我们会渐行渐远的。

他会在另外的生活中，另外的文字中，和别人紧紧地握手。然后，以前岁月中关于我们的影像，会浮云一样在脑海中慢慢散去。

一滴美丽的水珠，瞬间在我的生活中蒸发掉了，它以另一种方式，晶莹地呈现给了别人。生活就是这样劈头盖脸，当它把一种结果丢在我们面前后，一掉头，就决绝地走掉了。只把伤感与苦涩，留下来，让我们独自去咀嚼去品尝。

这多少有点像电影《爱情呼叫转移》的开头，徐朗回到家后，和妻子一边看庸俗的肥皂剧，一边吃永远吃不完的炸酱面，一切都是婚姻生活中极为平常的一个场景，然而，就是在这样平常的场景中，最不可思议的事情发生了：

徐朗平静地与妻子说，咱们离婚吧……

生活，并不总是平易近人，有时候，它也会把恩宠藏起来，突然空降给你一种生活，然后，一转身，飘然而去，留下一个让你回味不尽的苍凉背影。

我叫耳聋，他叫耳背

有一对和我家相处了很多年的邻居，夫妇俩平平凡凡活了一辈子。

这一辈子，发生在他们身上的故事，都很普通。但有一个称呼的故事，却有点不平凡。他们之间的称呼很特别。男人唤自己女人的时候，永远是这样一句：喂，耳聋的。女人唤自己男人的时候，永远是这样一句：喂，耳背的。

其实，一直到现在，他们的耳朵也并不聋，也并不背。

他们从很年轻的时候，就这么称呼。谁也不知道这对夫妇特别昵称的来由，没有人去问，也没必要去问，但，这里边肯定有秘密。

有一次，我去他们家，那时候我还小。女人病了，男人给女人喂药。男人把两片白药片碾碎了，放在小勺子里。然后，从杯子里小心用勺子舀出些热水来，放在嘴边轻轻地吹。然后，把勺子缓缓伸到女人唇边，说，喂，耳聋的，小心别烫着。

那是我第一次听到男人对女人说"喂，耳聋的"，听起来，这称呼怪怪的。

男人在县城的税务局上班，女人在小学教书。据说，他们年轻的时候，很新潮，没有奉媒妁之言，是"谈"成的。还据说，那时候，男人经常骑着一辆自行车乱跑，哪里也去。但无论男人去哪里，女人挎在自行车的后衣架上，就跟着男人跑到那里。人们说，这俩人闹疯了。

闹疯的两个人，最终走到了一起。结了婚，成了家，成了我们的邻居。

我经常听到他们的口头禅。男的说：喂，耳聋的，你别动，这点活，我来。女的说：喂，耳背的，快过来，这东西好香，你吃一口。

有一年，正是下班时候，下瓢泼大雨，电闪雷鸣。女人知道，男人没有带雨具，她赶紧骑车给男人送雨披。结果，税务局门口，并没有男人。门卫说，男人刚走了不久。女人赶紧蹅身回去，在所有匆匆奔跑在雨中的背影里寻找自己的丈夫。然而，她无论如何也找不到。结果，女人一分神，撞在路边的护栏上，摔倒在泥水中。

躺在医院的病床上，女人才知道，男人去学校接她了，他们走在不同的路上，所以谁也没看到谁。女人说，我离家近，干吗要你接。男人笑一下，不说。女人使劲捶他，故意要他说。男人拗不过，说，今天的雷声太响，我怕你怕。

女人娇嗔地来一句：你这个耳背的。

其实，女人摔得并不重，但她故意赖在病床上不起来。从医院回到家，女人还要男人伺候着，男人也不恼，小心地侍奉在左右。一直等女人闹够了。

左邻右舍知道了之后，说，这两口子。然后，满嘴的啧啧称赞。

夫妇俩有一儿一女，都考上了大学。孩子们大了之后，也不唤他们"爸爸妈妈"，也一口一个"耳聋的耳背的"，老两口满口应承着，笑容满面，像绽开的菊花。

从春到夏，从秋到冬，夫妇俩好像没有闹过一次矛盾。居委会调解别人家的感情纠葛，举的例子，总是这夫妇俩，他们成了所有夫妻的榜样。

现在，夫妇俩有些老了。老了的女人腿脚有些不方便，男人就买了一个电动三轮车，女人想去哪里，男人就载着她到哪里。男人理发的时候，还是让女人理。只是理的时候，女人多了一份小心，因为老了的男人头上总时不时长一些火疙瘩，她怕自己一疏忽，电推子碰到了他的那些疙瘩，弄疼了他。

这夫妇俩，男的我该叫五叔，女的我该叫五婶。多少年了，好多人都很想知道他们为什么这么互相称呼的缘由。其中，一定藏着诱人的秘密。有几次，我回到老家，想问问五婶，但我终究没有去。如果我真去了，五嫂肯定会微微一笑，淡淡地说，其实也没什么，我该叫耳聋的，他该叫耳背的。

然后，一脸的幸福。

只需一颗悲悯心

经常来我们小区清洗油烟机的，是一个长相周正的山东小伙子。他不但油烟机洗得干净，而且干活还很利索，从来不在地面上留下任何油腻的痕迹。所以，这个小区里，谁家有了活，首先想到的，是给他打电话。只是，这个小伙子寡言少语的，不爱跟人说话，常常闷着头来，再闷着头去，一句多余的话也没有。

大家都觉得他的性格挺特别的。

家里的油烟机已经好长时间没洗了，那天，我照着墙上的小广告一个电话打过去，小伙子便急匆匆赶过来。我们俩把油烟机从楼上抬下来后，他便一如既往地闷着头干起活来，我呢，在旁边有一搭无一搭地翻一本杂志。

正做着，他口袋里的手机突然响起来。满手油腻的他，一时不知道如何是好。我凑过去，说，来，我帮你。说完，从他的口袋里掏出手机，接通后，贴到他的耳边。是老乡来的电话，他叽里呱啦的，一直说了好半天。

他半蹲着，为他捧着手机的我，也半蹲着——我们的距离是如此之近，他身上散发出的浓烈的油腻与汗水混杂的味道，呛得几乎让人喘不过气来。

末了，我把手机重新放回到他的衣兜里。然后，他接着默默地做，我呢，仍旧在旁边无聊地翻那本杂志。

过了一会儿，他转过身来，朝我笑笑，说："谢谢你啊。"

我一愣，颇有些意外。

他顿了一下，再笑笑，极认真地说："你为我接（拿）手机，呵呵，你和别人不一样，真的，你挺好的。"

或许，我刚才的那个举动，赢得了他的信任。一直沉默寡言的他，开始与我攀谈起来。他说，他在这座小城干了四五年活了，伺候过好多人，也见识了许多事，人生的酸甜苦辣，他都品尝过。

"好多人都嫌我们脏呢，不愿意接近我们。你刚才帮我接电话时的样子，真亲切，就像我的一个大哥。"说完，他咧嘴，又是一笑。

我也笑了。看来，我刚才的举动，的确给了他不少的好感。

"人和人是不一样的。去年冬天，数九的那几天，我给你们小区里的一家洗油烟机，"他打开话匣子，开始讲关于他的故事，"那天，天气特别冷，冻得我手指僵直。实在坚持不住的时候，我把摊移到了一层的楼道里。果然，背风的楼道里，暖和多了。我生怕弄脏了楼道，清洗油烟机的时候，格外地小心。"

"就在那台油烟机快洗完的时候，底层的一户人家门开了，从里边走出来一个汉子，长得凶神恶煞的，他见我在楼道里干活，脸一沉，厉声地呵斥起来，要我赶快搬到楼外去，说这样弄脏了他们的楼道，而且，会有油腻味钻到他家里。"

"我央求说，大哥，外边冷，这台油烟机很快洗完了，洗完后，我马上走。哪知道，他容不得我解释，骂骂咧咧，要我赶紧滚出去。我没办法，又一点一点把摊拾掇到了楼外。外边，老北风呼啸着，依然像刀子一样，但那一天，真正割在我的心上，却是汉子那一句句让人心寒的话。"

"说实在的，我一边往外搬，心里一边淌泪啊。"说到这，小伙子禁不住唏嘘起来。

"不过，我也遇到过不少好心人。"男人很快控制住了自己的情绪，"也是去年冬天，我在民政局大院干活，那天的天也很冷，我正冻得哆哆嗦嗦的时候，一个看门的老师傅看到了我，他问我冷不冷，冷就到屋子里边来干。我连忙说，不冷不冷。人家越是施好心，咱越要客气些才行。其实，多暖的屋子，也只能让身体暖一会儿，而一句善良的话，一颗怜悯的心，却可以让人抵御寒风啊。"

那天下午，小伙子和我说了好多话，也为我讲了许多关于他的故事。我发现，他并不是一个不爱说话的人，也许，是少了悲悯的人心，丧失了人情味的世道，让他学会了噤声不语，是冷言冷眼冷遇，让他那扇原本该敞开给这个世界的心门，黯然关上。

活在底层的人们，他们所需要的，真的不多。也许，一颗悲悯的心，对于他们来说，就是高悬在寒冷尘世的一轮暖阳。即便是这样遥远而微薄的温暖，然而，沐浴在其中的他们，感受到的，却是这个善良的世界对卑微生命全部的理解和尊重。

走过人生的鄙夷与不屑

　　我参加中考，是 20 世纪 80 年代中期。记得，那天，我带了一支铅笔，一根直尺，一个圆规，一块橡皮，三支圆珠笔，总之，该带的，不该带的，全带上了，攥在手里，满满的一大把。

　　一个姓邢的同学，看了我一眼说："你带这么多干什么？"说完，他眉梢向上一抖，眼珠微微往眶角一轮，牵出满脸的鄙夷与不屑来。

　　而他的手里，只有一支圆珠笔，连橡皮都不曾带的。我仿佛是一个穷人，拿出几个硬币来摆阔，不小心正好被富人撞见。富人一说话，我满脸的窘迫。

　　恍惚间，我想反驳几句，却无言以对。邢同学是我们班的学习尖子，老师的宠儿，而我够不上差生，也几乎相当。在这样的鄙夷面前，我只好束手就范。

　　那一年，邢同学考上了师范，我没考上，灰溜溜地读了高中。

　　开始学习写作，是在大二。那时，别的同学花前月下，尽享人生的快意，我却伏在教室里一本正经地写稿子。每写出一篇文章来，都要高兴得手舞足蹈，自我赏阅，自我陶醉，凡三五遍，不能自已。第二天，拿着稿子，便火烧火燎地送到市报社的编辑部去。市报社离我们学校不远，于是我常去。很快，副刊的编辑也就认识我了，但那位戴着眼镜的老先生给我的永远只有一句话：稿子放这里吧，有消息我告你。这与我的期待相去甚远，我希望的情形是，他看完我的稿子后，拍案叫绝，说，这个稿子太好了，马上发！

那时候，真是年少轻狂得可以。

后来，编辑部新来了一个编辑。据说是部队转业回来的才子，他渐渐对我频繁光顾编辑部的做法不感冒了。有一天，我送完稿子，正要走，他从座位上站起来，说："你以后，别来了行不行？"

当时，我还沉浸在送稿子的喜悦和兴奋里，他的话，不啻一个晴天霹雳。

我说："怎么啦？"

"你看你都写了些什么玩意，还好意思老来？"

他的后半句话，拖着方言与普通话交杂的腔调，怪怪的，怪得直到现在这个声音还在我的耳畔回响。我抬眼看他，白净而周正的脸上，是丰富的鄙夷，以及夹杂于其中的一点诚恳的愤怒。这样白净而周正的脸，再加上这样丰富而激动的表情，一下子让我刻骨铭心。

最后，我甩下一句话，说："我偏来。"

这两件事，在当时，都曾经被我认为是生命中的奇耻大辱。然而，经过这么多年岁月的打磨，我心平气和地接受了，也理解了。那位姓邢的同学，初中毕业后，我们一直疏于联系，也不知道他现在怎么样了。如果哪一天，我看到他，我紧握着他的手所能感受到的，只会是 20 年重逢后的温暖和喜悦。

至于那个编辑，即使我们重又邂逅了，我想，我们也只会形同陌路——他不认识我，我也认不出他来了。我曾耐心地翻看过我以前所写的那些东西，实在是糟糕透顶。幸亏他站出来断喝了一声，否则，我就那样糟糕透顶下去了。

现在，我该对当时对他的恶毒诅咒忏悔。年轻的心，总是狭隘自私的。即便，他那时真的是出于恶意，我也能原谅他。因为，假如我在他的位置上，我或许也会那么做。

我只是在人生的那一刻，与他们人性中恶的部分狭路相逢了。而在我看不到的另一刻，他们可能给另外的人的，却是谦逊、友善和亲切。他们并不是坏人。这个世界，可能原本就没有坏人，只有被逼成坏人的人，以及被错认为坏人的人。这样看来，我们该原谅的人应该更多。

而这样一想，人生的一切也就豁然开朗了。

许多年以后

许多年以后，春阳温润得像一枚青枣。一个稚童，从春光烂漫处跑出来，奔向一面青灰的墙。墙根下，一猫安卧。左近是一方石凳，石凳上，端坐一人，正闭目养神。稚童怯怯地凑过去，轻喊一句"大爷"，被叫的人先是一愣，继而一惊，失口一声"老了"，而后，便满脸满心的苍凉。

这是我不止一次想象过的老境。

我想，那一刻，我一定迷惘得像个孩子。被时光牵着手过了这么多年，这时候，她突然撒下你，大步流星，头也不回地走了。她留给你手心里的暖，像雨后石板上的水渍，刹那间，就消失得无影无踪了。

这是一种被遗弃后的，寂寞的苍凉。

一个人，为这一刻准备了好多年，也害怕了好多年，现在，它来了，无论是谁，只好照单全收。

老是有预兆的。

一个秋天的上午，我心血来潮，和学生们一起到操场去上课间操。

是跑步。我跟在学生队伍后边，一圈一圈地跑。

学生们喊口号，一——二——三——四——，声音响亮，气势震天。

我想和着学生一起喊，一张嘴，竟然没喊出来！心里想，有什么呢，不就喊个口号嘛。于是，暗暗给自己鼓劲，下一次体委喊的时候，一定要跟着喊出来。

一——二——三——四——，体委又领着大家一起喊了，一——，我的嘴都张开了，可是这个"一"，却卡在嗓子里，半天没有出来。

那一刻，我突然觉得自己老了。

老是什么呢？原来，老就是与年轻人在一起的时候，一种莫名的唐突，一种没来由的惶恐，以及一种说不清的不合时宜，道不明的格格不入。

看来，人就是这么一点一点老下去的。就像一棵庄稼，开了花，结了籽，灌了浆，然后，岁月的镰刀过来，"哗"，一把把你收割了去。

我曾经对着一棵树感慨万端。那棵树，是家乡土坡上的一棵歪脖子柳树，我父亲说，我爷爷在的时候，就有这棵树。现在，我爷爷去世了，我父亲去世了，可这棵树还在。我是说，我们活不过一棵树，当我们老了，死了，一棵树，还能沉静地站在那里，看这个世界红尘飞舞，命运沉浮。

而树什么也不说。许多年以前是这样，许多年之后，还是这样。

该结束的，在悄无声息地结束。该延续的，还在以自我的方式延续着。

　　谁也都会老的。我在想，当我们老了，那所曾经住过的春暖花开的大房子呢？它会不会像蝉蜕的空壳，因为我们的老掉，而发出寂寞的空响。房子里发生的一桩桩鲜活的往事呢？它会不会像家具上的光泽，被蒙上岁月的灰尘。

　　曾经的恋情呢？是不是凋落得只剩下了回忆。那些悲辛，酸楚，苦涩，甜蜜，是不是都像风干的落叶，一切的一切，尽在叶脉里藏了，然后，在飘落中，说与秋风，说与流水，说与委身的土地呢？

　　或者，什么也都懒得去想了，懒得去说了。所有的事，要么让它变成古董，在心底里珍藏起来。或者干脆一阵劲风，把它吹得一干二净。

　　一切都随它去吧。这就是老了之后的洒脱，这就是老了之后的逍遥吧。

　　老了之后，你会发现，你曾追慕过的好多东西，那一刻，都不值得追慕了；你曾经害怕过的好多人和事，那一刻，不必害怕了；你发现，你爱的人弃你而去那么多年，你的臂弯里，并不因此而多了寂寞；甚至，你想到了曾经发生过的诸多荒唐事，莞尔之余，你发现，经历这些，原本就是生活赐予生命的五彩的礼物。

　　老，让你最终看清了一个人，让你最终明白了一段情，让你最终悟透了凡尘世事：其实，人老了，就像经历了战火洗礼的战士，硝烟散尽，你千疮百孔地站起来，一下子懂得了生命，一下子懂得了人生。

我想起了父亲。我上大学的那一年，父亲已经老了。我们爷俩坐在一起的时候，他总说，你还年轻，经历的事很少，等那一天，（咱俩）喝喝酒，好好坐坐，我把我这多半辈子经历的事与你唠叨唠叨。我想，父亲是想把他在这个世界上立身处世的一些体会与感受告诉我。可惜，不知道是因为我们没有单独坐在一起的机会还是父亲思量再三决心让我去独自过完人生，总之，他并没有与我长坐，直到后来去世，都没有告诉我什么。

　　我老之后，能不能体会到父亲当时的心境呢。我是不是也会和儿子促膝长谈，把自己人生的一些感受告诉他，譬如，什么人可以交，什么事不可以做，事无巨细，一一的教导给他呢？

　　老了之后，我对死会是一种什么看法呢？是直面，还是回避？是笑谈，还是畏惧？实际上，这很能考验一个人。我不是基督徒，也不是哲学家，所以无论如何，也都要认真面对这个问题。我在另一篇文章中写道：人活在这个世上，考虑生太多了，忘记了死是一种必然，于是一旦面临死境就手足无措。牵挂得越多，就越痛苦；创造得越多，就越留恋。他们太想等到一些事情的发生，太想知晓一些事情的结果，否则就死不瞑目。

　　及至到了死亡的边缘，我们从本质上感知：人之所以怕死，是因为对另一个世界不可知；而人之所以不愿死，是因为别人都还活着。

　　呵呵，不知道那一刻，我是会活得比现在更清醒，还是更迷茫。

　　由现在想到许多年之后，本来嘛，是一次冥想，也是一种闲愁。

我在意的是孩子

一伙自称是朋友的人聚会。

先是喝酒，继而是喝茶。客厅里弥漫着异样的亲昵味道，大家都有点高了，彼此称兄道弟，亲热得一塌糊涂。

男主人笑盈盈地忙上忙下，招待着他的这些朋友。与这边的热闹不同的是，客厅的一个角落里，主人的孩子豆豆，正摆弄着他的玩具，独自玩耍着。

又一个朋友来了。客厅里立刻掀起一个新的高潮。撤下去的酒，又重新回到了桌上。大家又是一番亲热。有好事者，把豆豆也喊过来，指着新来的人说，孩子，快叫，这是你杨叔叔。其他人随声附和：这是我们最敬重的哥哥，也是你最亲的一个叔叔啊。孩子甜生生地叫一声"叔叔"，大家都喊一声好。然后，斟酒，劝酒，言谈甚欢。

不大一会儿，一个电话打过来，刚来的那个朋友走了。

姓杨的这小子，据说，又离婚了。其中的一个人，就着朋友刚离去的人的风尘，几分探询，几分肯定地来了一句。

是。这家伙不是玩意儿。我最看不上这号人。另一个人附和的语气中，含着强烈的不屑与鄙夷。惹得一边玩耍的豆豆，抬起头来，惊异地往这边望。

这个人，还奸诈得很呢。搞阴谋诡计，一套一套的。说这句话的人，仿佛还在某个圈套的寒意里挣扎着，没有解脱出来。

这个人很自私，只进不出，你都没法和他打交道。大家你一言，我一语，把姓杨的人，贬得一无是处。

一旁的豆豆，张大着嘴，听得惊心动魄。

有一次，……一个人正要举更为生动的例子。男主人赶紧给这个人递了个眼色。这个人微醉而漾红的脸，显出几分不高兴，他看了主人一眼，说，怎么啦？难道你在意我说他？

主人说，哦，不是。

那，你为什么不让我说？这个人有些脸红脖子粗。

我是说，这样不好。主人无奈地笑了笑。同时，主人用眼的余光瞟了一下豆豆，似乎想要表达什么。

那不就得了，你还是在意我说咯。这个人似乎真的不高兴了。

——突然间，主人爆发了，他的声音高得有些吓人：

我是在意豆豆，在意我的儿子，他还小！

仿佛电闪雷鸣，所有人的目光一下子聚了过来。

主人显然有些激动，说，你们知道刚才你们所做所说的这一切，会对一个孩子的心灵有什么影响吗？

人在的时候，你们哥哥长哥哥短的，搂肩搭臂，好得不能再好；人走之后，谩骂讥讽，又坏得不能再坏。一个好人，可以在转瞬之间，变成坏人。你们是否想过，这种舌根底下翻云覆雨的游戏，会对一个孩子心灵造成多大的影响！大人之间这些虚情假意的虚伪面孔，是会让一个孩子的心灵蒙尘的……

大家噎在那里，半天没有说一句话。

后来，他们再也没有在孩子面前玩过这种丑陋的成人游戏。因为，他们发现，成人之间的游戏，有时是一根看不见的毒刺，在无聊自己的同时，也会刺伤孩子们纯真的心灵。

温暖的小刀

那年春末，我到一所中学去监场。

发卷的时候，我发现，靠近讲台的一个女生怪怪的，左手藏在袖口里，遮遮掩掩的，不愿伸出来。和我一起监场的，是另一所学校的一位女老师。大约，她也注意到了这个细节。随后，我俩便开始留意这个女生。在我们想来，她袖口里的那只不愿示人的手，一定藏着什么秘密。

考场里静悄悄的，学生们都在全神贯注地答题。只有这个女生，一边答题，一边有意紧藏着她的那只手，一边还不自觉地环顾着左右，神色紧张而怪异。这愈加坚定了我们的怀疑：她的手里一定攥着小抄，或者，其他用来作弊的什么东西。

然而，我们错了。半小时后，也许女生做题做得太过专注，一不小心，她露出了自己的左手——天哪，这个女生的左手居然没有手指头。

原来，她竟是一个有残疾的学生！

这多少有些出乎我们的意料。愧怍之余，不禁心生悲悯。那位女老师，更是一脸的痛楚，小声地嘟囔着，怎么会是这样，多可怜的孩子啊，多可怜的孩子。

考试进行到一半的时候，有一道地理题需要改动。办公室送来了一沓纸片，纸片上，印着一个阿拉伯国家的地形图。我们分发给学生们，然后让他们各自粘贴在试卷的答卷纸上。由于是临时赶印出来的，太过匆忙，这些纸片裁剪得很粗糙，考生们只有自己动手把四个毛边撕去，大小合适，才能贴在试卷上。

这下，可难为了这个女生。大约，她还是不愿让别人看到她的那只手，就用左胳膊使劲压紧纸片，右手一点一点地撕。然而，那张小纸片仿佛不听话，只要她一用力，就从她的胳膊下跑出来，再压下去，再跑出来。她急得都有些冒汗了。

"这位女同学，我可以帮你吗？"女老师走过去，俯下身子，声音低低地征询女生的意见。女生抬起头，看了看，迟疑了一下，还是把纸片给了她。

然而，女老师并没有立即动手，她把那张纸片放在讲台上后，便在满考场里寻找着什么。我有些纳闷，这不是很简单的一件事嘛，她究竟想要干什么呢。

不一会儿，女老师从一个学生那里，找到了一把小刀。然后，她坐在讲台前，一点一点小心翼翼地裁剪那张纸片，"哧——哧——"，小刀割裂纸片的声音的，很好听。我和女生看着她做这一切。说实话，那一刻，女老师慈祥得像坐在讲台前的一尊佛，她专注的神情，仿佛是在完成一件精致的手工艺品。

随后，她微笑着把这张小纸片轻轻地放在女生的桌子上。女生欠了欠身子，低低地说了声谢谢。她拍了拍女生的肩膀，说，赶紧答题吧，便走开了。

然而，我还在纳闷着。一张小纸片，手也完全可以撕得很整齐，为什么一定要找把小刀来呢？

考试结束后，我道出了心中的不解。那位女老师笑了，说，这个女生所残缺的，是一只手。我不想在她面前，用自己灵巧的手指头去撕那张纸片，那样的话，会撕碎这个女孩的心。我满考场去寻找一把小刀，就是想借助小刀，避开对她的这种伤害。

一直以来，小刀在我心中，不过是一片冰冷的铁片而已。而那年春天，我懂得了，原来，即便是锋利而冰冷的一片小刀，也会裁剪出人性的温暖来。

麻雀，麻雀

　　傍晚时候，一场会议正在报告大厅举行，一只麻雀闯了进来。

　　可容纳几百人的报告厅，此刻，台上台下是黑压压的人头，麦克风的喧响，以及天花板上近百台全速运转的吊扇发出的巨大轰鸣，足以让一只麻雀惊慌失措。果然，它像子弹一样，从这边窗顶的窄沿上弹出来，穿过密匝匝的旋转的电扇，射向另一头窗顶的窄沿。显然，它惊恐极了。

　　然而，没有人注意到它的闯入。或者，有人注意到了，便很快埋首于自己的事情。一只麻雀，或许，原本就算不得什么。会议仍在继续，麦克风依旧在喧响。人类啊，有时候，内心里所能盛得下的，只有自己。

　　它，在电扇的阵列中急速穿行着，从一个角落，惊恐地飞向另一个角落。在宽阔的天花板的背景里，比一个标点还要微小的它，显得那么孤单和无助，它的每一次穿行，都透着难以言说的悲怆与凄凉。

若干年前，当我还是一个孩子的时候，捉到一只误闯到家里的麻雀。我准备给它喂米，我握住它的身体的时候，感受到了它剧烈的心跳，以及浑身不能克制的战栗，那一刻，我没有接着喂它，我把它放飞了。

　　一个小生命，在自己的手心里毂觫，是一件多么让人心疼的事情。而现在，这只麻雀，也一定浑身战栗，心跳到不堪承受了吧。你看，它落在窗顶窄沿上的姿势，像一朵破旧的棉絮，让人揪心。

　　多么希望闯进来的是一只蝙蝠啊！这样，它飞经的地方，即便藏有多少不测与危险，以其特殊的生理功能，也都可以从容地避开。然而，它不是。它只是一只弱小的麻雀，高速转动着的吊扇的巨大叶片，样子是那么狰狞怕人，只需要轻轻一击，这只麻雀，这个弱小的生命，就会像一片落叶一样，从高高的天花板上飘落下来。也许，它的死，会引来一阵惊呼，但只是围观的惊呼，不是怜悯，没有叹息，因为一个卑微生命的死，向来就是这样。

　　在那一刻，我没有勇气站起来，为佑护一个生命，而义正词严地要一场会议暂停。我承认我的懦弱，以及骨子里深深掩藏着的明哲保身。

　　它依旧在偌大的天花板上惊恐地飞，一圈，一圈，像颠簸飘摇在惊涛骇浪之中的一片孤帆，随时有被巨浪吞没的危险。它与灾难的距离是如此之近，近得让你攥紧手掌，屏住呼吸，心中惶恐而不堪承受。

　　多么希望会议能在突然之间毫无预见地停掉，这样，一同停下来的，还会有电扇的转动，以及麻雀疲倦而惊恐的飞翔。一个弱小而卑微的生命也许因此会得救。然而，会议仍在继续，人类无关紧要的会议，在拖垮时间的同时，也委婉地扼杀了许多生命。

　　终于，在又一次呼啸着穿越生命的重重危险之后，略显寥廓的天花板上，便再没有了这只麻雀的身影。也许，最不希望发生的已经变成了可能。为此，我一个人怅惘了许久。是啊，它没有死在蔚蓝的天空，却死在了人类营造的华美陷阱里。

　　不敢想象它现在身落何处，又是怎样的一种惨烈情形。甚至，在会议之后，我也不敢去寻找它，是的，我没有这样的勇气。能够想见的结果是，那位打扫卫生的婆婆会在第二天上午，一缕阳光柔和地射进来，她看到它的时候，神色平静，说：哦，一只麻雀，死在了这里。是啊，一个微小生命的逝去，只会这样的无足轻重。

　　会议终于结束了，电扇在巨大的轰鸣声中逐渐停息了下来。大家蜂拥着往外走，我也紧随其后，出门的一刹那，我略显怅惘地最后扫了一眼整个报告大厅，就在这时候，大厅后墙那个窄小的放映孔里，一个娇小的影子"呼"的一下窜了出来，利箭一般，刺向天花板，盘旋在空旷而寥廓的报告大厅的上空。

　　那一刻，我难以掩饰心中的欣喜，我仿佛突然听见了，蔚蓝色的天空里，麻雀的羽管与空气摩擦之后，发出的遥远而绵延不绝的美妙响声。

一只背叛的葫芦

　　中午，正在午休的时候，办公楼里来了几个民工。

　　叮叮当当的，从声音判断出来，应该是来粉刷走廊的民工吧。几乎是从底楼一层开始，他们就扯着嗓门高声喧哗着，说的是方言，也听不出来是哪个地方的话，叽里咕噜的，像是说外语，聒噪得让人难受。

　　睡意蒙眬中，他翻了一个身，心里叹息一声：这些民工们，真没素质！

　　哗啦哗啦，一阵拉动木凳的声音；咣当咣当，此起彼伏放置刷桶的声音；叽里咕噜，一连串快速而声调夸张的方言。这些声音，在这个有些安静的初夏午后，显得格外尖锐和刺耳。这些声音每响起一阵，他的心就咚咚跳半天，看来，今天是不好再睡了。他不禁抱怨道：这些没素质的民工们！

　　也不知道是哪位同样被吵醒的同事，在自己的宿舍门上使劲砸了一拳，表达着自己的不满。这声音，仿佛是晴天的一声霹雳，在空旷的走廊里响起。他不禁有些高兴，心里想，这下，这些民工该明白是什么意思了吧。

然而，没过了多久，所有的喧嚣声又渐次响起。拉木凳的声音，放刷桶的声音，各种工具的撞击声，还有方言——恣肆而张扬的方言，在楼道里重新刺耳地回响起来。他终于忍受不住了，拉开门朝楼道里喊了一嗓子：你们还让人睡觉不？难道不知道我们在午休吗！

静默，长时间的静默。他看了看表，刚刚一点半，距上班尚有一段时间，便又重新倒头躺下。估计，这会儿，那些民工们一定灰头土脑地退出办公楼了吧。他这样想着，心里掠过一丝快意。

上班时间快到了，他匆忙洗了一把脸，走出宿舍。刚一开门，他就被眼前的景象惊呆了：只见六七个民工，齐刷刷地默坐在走廊的墙根下，一动不动，样子像静伏的秋虫。见他出来，其中一个民工站起来，红着脸用并不标准的普通话说，不知道你们中午休息，我们还以为办公楼里没人呢，实在对不起！

其他的几个民工，也跟着站起来，脸上满是歉意，连连说，对不起，打扰你们了，打扰你们了。

看着面前的几位善良的民工，他突然觉得脸上热辣辣的。他没想到，民工们会用这种方式回应自己的愤怒与咆哮。他一下子不知道该说什么好，讪笑了一下，说，哦，没关系，你们忙吧。说完后，便一口气冲下楼，那一刻，他真想有一个地缝钻进去。

无论你在城里住了多少年，也不要歧视民工兄弟，因为，你不过是从农村这根藤蔓长进城市的一只幸运的葫芦——他突然想起报纸上一个作家曾经打过的比方，不禁有些愧怍。是啊，自己走进城市也没几年，便从这根藤蔓上迷失掉了，成了一只可怕的背叛了"根"的葫芦。

民工，是藤蔓的另一端我善良纯朴的兄弟。以后的日子里，再见到农民工，他的心里总洋溢着温暖的亲切感。

与一只壁虎相逢

时针指向晚上九点的时候，我开始收拾东西，准备搭学校的公车回家。

办公室古旧的窗棂上，有一个影子倏忽间动了一下，一抬头，竟然是一只壁虎！请原谅我的诧异，你知道吗，现在已是初冬时节了，树叶已经落尽，秋虫已经死亡，一些动物已酣然冬眠，就连人，也在瑟瑟的风中，开始穿过膝的羽绒服了。然而，一只壁虎，竟然出现在了办公室古旧的窗棂上。

这个古灵精怪的家伙，为什么而来呢？炎暑已经退去了，蚊蝇已经死在了旧时光中。它绝不会是因为突然发现一冬天的粮食还没有储存够而仓促间出来吧，如果真是这样的话，这将是活得多么马虎的一只壁虎呢。我仔细看了看窗户的四壁，四壁上有许多的缝隙，它是从哪一个积着岁月风尘的缝隙中爬出来的呢？

此刻偌大的办公室里，只有我一个人，寂静得除了我的呼吸，便是这只壁虎的足音了。它的步态从容，样子恬淡，无所欲，无所求，似乎不是为了一口吃食而来的。它看了我一眼，看来它注意到了我在注意它。然而，它仅是看了我一眼，便又缓步而行。它的前面是一面平展的玻璃，再前面是一根直立的窗木，再前面又是一面平展的玻璃，这就是它的路。当然了，它可以踅身回去，走另一条路，那是一面素白的墙，以及另一面素白的墙。日光灯的光辉在这些路上泛着寂静的光泽，这都是属于壁虎的路。一个生命走在属于自己的路上，走在自己喜欢的路上，此刻它的内心，在恬静中该是愉悦的吧。

我静静地注视着它。它又看了我一眼，或许，它和我打了一个招呼，可惜，人类听不懂来自动物友善的声音。他见我傻在那里，便又开始独自前行。它的步态漫无目的，而又足够悠闲，像是在沉思，又像是在默想，像是在寻找一种慰藉，又像是在重温一段情感；然而似乎又什么都不像，因为那脚步中，看不到牵挂，感觉不到羁绊，寻觅不到纠缠，一起一落中，幽静得像笃定的禅。

我想，这一定是个自由的生命。它在这样一个寒冷的日子里，独身出来，这种脱俗的举动本身，表明他在遵奉着自我心性的自由。在它的生命词典里，也许根本没有让它俯首的规范，没有让它低眉的教条，无须看什么眼色，也无须听什么将令。它要服从的，只有它为追慕快乐、幸福、爱情所衍生出的自由。它的每一刻，都为这样的自由奔走着。而今天，只不过是它为快乐自由的心性奔走着的普通的一天罢了。

我又看了它一眼，不觉低下了头。

临走的时候，我为是否关掉办公室的灯颇踌躇了一番。我怕因为我突然之间关掉了一盏灯，而让它在黑暗中苦苦地走上一程。然而，我很快就把灯关掉了。因为我知道，一个真正心性自由的生命，不会因为外部世界的好坏而改变自己的。或许，我关灭灯之后，便再没有像我这样生命打扰它，影响它，它会更加自由地行走在自我的生命旅程中呢。

那是一只让我不能忘却的壁虎。

我是如此地爱你

儿子，昨天中午你回来后，一进门便满脸沮丧。问原委，你嗫嚅着不说。后来才知道，期中考试成绩出来了，你考得不理想，语文仅考了74分。

说出这个分数的一刹那，你哭了。整个中午，你连饭都没有吃，趴在床上抽泣不止。妈妈开始还笑着劝慰你，后来便也跟着你泪一把鼻子一把地哭了起来。

儿子，你才刚刚读小学三年级，不要太在意考试成绩，也没必要为人生这样一次小小的失败而伤心。爸爸小的时候，有一次考试也坐了红椅子（倒数的位置），被贴在了班里的后墙上。爸爸惴惴不安地把这件事告诉了你爷爷，哪知道，你爷爷轻描淡写，说，坐红椅子怎么啦，没啥丢人的，沉住点气，没什么。

孩子，生活有点像坐在帘幕后边的那个神秘的巫婆，她不可能总给予我们成功和快乐。当失败降临的时候，要平静地面对它，接受它，就像你爷爷说的那样，沉住点气，没什么。

无论你的成绩多么糟糕，只要你对爸爸说，爸爸，我用心了。爸爸都会欣慰的。

　　是的，爸爸不会拿你和别人家的孩子去比较的，现在不，将来不，永远都不。你是一个独立的生命个体，你在爸爸妈妈的心目中，永远是最美的。爸爸不会为你落在别的同学后边而心里不平衡，也不需要以你的优秀，来作为和别人炫耀的资本。你把该读的书读懂了读通了就可以了，然后顺着你的兴致，你可以喜欢一点其他的东西。爸爸不会强制你为你报一个美术班或者声乐班什么的，不会强求你必须学什么。但是爸爸希望你能喜欢音乐美术，或者其他一些让你感兴趣的东西，因为，人生如果没有让自己感兴趣的东西，那样的人生将会多么糟糕。

　　那一次，神六上天，爸爸心情激动，朝你说，儿子，爸爸希望你也能当航天员。爸爸说完之后就后悔了。记得有一次，我们问过你将来想干什么。你看了看我们，有些腼腆地说，就想和你们一样。你的意思是将来也像我们一样，当一名老师。爸爸尊重你做出的所有的选择。我不想为你的人生画出我想要的轨迹。是的，那是属于你的人生，路你自己走，轨迹也要你自己去画。

　　至于将来，爸爸并不想要你做出多么伟大的事情。一个人，成就自己的方式很多，轰轰烈烈只是很热闹的一种，爸爸并不喜欢。当然了，有的人活了一辈子，连光亮都未曾一闪，就又悄无声息地离开了这个世界，爸爸也不希望你活得这么平庸。只要将来，你能够自食其力，并能够竭尽所能为国家尽一点绵薄之力，让周围的人感觉到你不可缺少，你就已经活出了属于自己的价值。

　　今天，爸爸下班回家，家属楼的楼底下，不知道是谁，把落在便道上的秋叶拢在一起，点着了，旁边有几个小孩，围着这冒着青烟的火堆嬉戏。爸爸发现，这欢乐的群体中，没有你，就赶紧蹬了几步，锁了自行车，上了楼。果然，你伏在桌子上，正在做作业，爸爸一把拉起你，和你一同加入到这欢乐的群体中。

孩子，童年的欢乐，是可以享用一生的欢乐。我不想因为几道题，一些作业，而错过你人生中最美的篇章。是的，人生当中好多东西都可以舍弃，但童年的欢乐错过了，便永远不会再有。你应该知道，每到寒暑假，爸爸把你放到外婆家的缘由了吧。是的，爸爸希望你能在乡下，尽情地玩，尽情地乐，蚂蚁的走动，燕子的飞翔，石头下的童话，草绳里的秘密，雪地里的声响，每一片晚霞，每一缕晨曦，都要在你的头脑中留下刻骨铭心的印象。爸爸希望你能有一个快乐的童年，然后用童年的快乐陶冶出的心性，影响你，感染你，最终让你一辈子都学会快乐。这是爸爸对你终极的期望。

因为你这次考试之后的不悦，爸爸啰里啰唆地说了这么多，爸爸是希望你明白，爸爸是多么地爱你，真的，我亲爱的儿子。

月光下的村庄

　　那是个夕阳还算鲜亮的黄昏，院子里，鸡婆们气定神闲地踱着方步，泛着光泽的树叶恬淡地沉静在枝柯间，空气中，七上八下地浮动着一些闷热。远处的山峁上，牛羊群扬起的尘土浮云一般移近村庄，大地上掀起一片巨大的喧嚣。不久，这喧嚣就像亮在墙上的光线，开始一寸一寸地消退沉没。

　　就像无数个黄昏的翻版。那天，我们一家人正团坐在炕上吃饭。本来父亲和母亲有一句没一句地说着事，不知道为什么父亲突然上了火，一团白亮亮的东西飞速地砸向母亲，落在母亲的前胸上。是父亲手中的饭碗。姐姐哭了，我懵在墙角，母亲断断续续地抽泣起来。父亲呢，黑着脸，一摔门走了。

　　那天晚上很晚了，后山上隐约响起了凄凉的笛声，如泣如诉。已经躺在炕上的母亲对我说，儿啊，找你父亲去吧。我从半睡半醒之间起来，一出门，一院子的月光，白花花的，吓了我一跳。黄昏时的闷热已经荡然无存了，到处都清凉凉的。村庄的四周，坡上，河床里，像有澄澈的积水一般，却又凝滞着不动。这时候的树睡了，树上的雀也睡了，就连一条一条的路，也睡倒在月光的影子里——整个村庄淹没在巨大的寂静当中。我刚转出院门，有一个黑影倏忽间跟了上来，是我家的狗，黑黑地跟在了身后。

爬上山梁的时候，身后的月光水一般涨了起来，坡底的村庄愈加地模糊了，似乎沉浸在了月光的湖底。更远的地方是影影绰绰的山，飘忽，朦胧，仿佛在月光的水中，又仿佛是在远处的岸上。清凉中，有一丝风，顺着山梁吹过来，在蓬蒿和茂草之间，发出忽忽的响动。父亲的笛声再起的时候，我已经离父亲很近了，循着笛声，我看到父亲正蹲坐在山峁上，嘴边横着他的笛子。他问我为啥跑来了，我说我妈让你回去。父亲说，你先回去吧。然后，父亲便长时间沉默着不说话。赖在旁边没走的我，心里像受了许多委屈，一节一节地向上涌着，终于止不住，呜呜咽咽地哭了起来。

泪水矇眬中，父亲站起来，一把把我举过他的头顶，放在他宽阔的肩上。我双手抱着父亲的头，真高啊，我仿佛在船的桅杆之上，或者在塔楼的顶上。父亲开始深一脚浅一脚地往回走，然而肩上的我并没有感觉到颠簸——父亲就像一只船啊，划行在这个月光皎洁的晚上。芦草沟，黑山子，南山梁，这些白天热闹而又喧嚣的地方，此刻都静悄悄的，只有一两声山鸟的咕鸣声，在平静的夜里涟漪般抖落开来，显得格外响亮。

父亲紧紧地抓着我的双脚，身子前倾着，我们很快就下到了半坡。父亲问我，饿吗？我说饿。父亲说，想吃什么？我说，不知道。父亲接下来没有说什么，我也没有接着说什么。然而那一天晚上，父亲走在梁上，我坐在父亲的肩上，我朦胧而真切地感受着一些东西，那是什么呢？那么细微，那么清新，那么醉人，像那个晚上月光澄澈地照耀，又像是一条莫名的手臂安详地抚摸，是一种无法言喻的幸福，又是一种无法替代的温暖，是浮动在月光水流之上的那只父亲的船吗？

我和父亲进村的时候，起了四五声的狗吠，而我家的那只，不知什么时候，早已安卧在檐底的白石上了。

袖口里的寂寞

　　好像是一个大户人家的女子，在夏日午后的长廊上，一个人枯坐了许久。有书卷在侧，却不曾读。有香茗在几，也不曾啜饮。半晌，慵懒地站起来，旋即，便又深深地坐下了。蹙眉中，隐约紧锁着一些东西，也不好读出来，痕迹淡淡的。

　　远看那背影，清清浅浅的，空旷辽阔。有一些心思，像正当时节的柳絮，漫天地飘来，忽上忽下，在她的内心深处低回盘旋。

　　有一个人，路过此地，看到了这个女子的情状，略有些淡然地说，你看那女子的袖口。但见那袖管，垂放在藤椅两侧的背上，空落落的，什么也不曾掩藏。袖口里到底会有什么呢？那人接着说，那是一袖口的寂寞啊。

　　绝妙！

　　这是我所见到的关于寂寞的文字中，最空灵蕴藉的一种。是啊，原本阔大而撩人心魄的寂寞，竟也可从这小小的袖口中，延宕出来，就像荒原的背风处逸出一枝新绿，就像大漠的褶皱里冒出一处泉源，给人一种莫名惊诧的喜悦。

我曾看到过一个老人的寂寞。这位老人晚景并不好，老伴早已先他而去了，儿女们闲暇时也来得很少。于是，更多的时候，便只剩下孤独的一个自己。他每天只在自己的院落里转转，或晒晒太阳，或侍弄侍弄花草，很少走出去。寂寞让他困在了一片方寸的天地中，像一道道扎紧的篱笆，让他走不出自己。

一个人年岁大了之后，是容易寂寞的。本来岁月像地上的雀子，一路上活泼泼跳跃着陪伴着你的，等你老了之后，它忽地跟了别人，只剩下枯燥的一地光阴，萦绕在你的左右。所以，一个人老景凄凉，都是寂寞生出的凄凉，像春韭，一茬茬割不完，而且越割越苍凉。

年轻人是不容易寂寞的。他们青春朝气正浓，不识多少愁滋味，心里直通通的，像一眼看到尽头的巷子。年轻人害相思的时候，容易寂寞，然而这样的寂寞却也容易短暂，时间的风一吹，便远了。

寂寞的滋味，是深秋的午后树荫下的感觉，清凉，又有些彻骨，让人抵挡不住。害过寂寞的人，都知道，寂寞是让人心底空落落的一种滋味，像是在相思谁。

却又不全是。寂寞的人看山是山，看水是水，便转而又看山不是山，看水不是水。寂寞的人也总在不断地排遣和打发着这寂寞，却像空谷里喊话，话还未曾让听者听到，便先有层层叠叠的回音回荡回来。寂寞是不好挣脱的。

一般说来，没有牵挂的人，是难有寂寞的。一个人对一件事或另一个人牵挂地越深，再加上所牵挂的人或事又遥遥没有音信或者早已逝去，于是在漫长难捱的时光流逝中，便会生出或长或短或深或浅的寂寞来。

寂寞初来的时候，也是草色遥看近却无的。刚开始，疏疏落落的，我们并不知晓，当真正感受到的时候，像阳光跳进院子，想要遮挡住，却已经来不及了。就这样，它温温婉婉地，带着它清凉的，有些彻骨的味道来了。

这一驻，不知道要到什么时候。

时　光

　　时光之于人，就是刮了一夜的大风之后，第二天早上落进门缝里的一层雪。只一绺，极纤细，极轻薄，却又存在地极短暂，还未等煦暖的阳光完全挤进来，便烟消云散了。

　　就是这么短暂的一个瞬间，你没必要干成许许多多的事情，却可以实实在在地做好一件事情。一颗露珠，在草叶上只驻留一个清晨，却在晨曦里留下了晶莹剔透的一抹光彩；一朵小花，有时候开不过午后，却把一段清香播散给周围的土地。有时候，你所做的事情，没必要一定惊天动地。一件小事，只要你全身心地去投入，锲而不舍地去做，最终也会成为你人生中的一件大事，从而成就属于你的事业，这已经就够了。

　　在一汪清水前驻足，与在一潭碧水边徜徉，本质上是一样的。你把时光交给激溅的水，水就会为你升腾诗情，为你开阔胸怀。实际上，只要你把时光交给人生中一个具体的目标，这个目标就会给你回应，就像你在大山里喊话，大山总会给你余韵悠长的回音一样。尽管有时候，这样的回音遥远渺茫，让你等了好久，你也不要以为生活欺骗了你。或许，它只是想换一个时间，换一种方式，来给你更大的馈赠。

属于你的时光，就是你的，它逃不掉。有一天，你发现身边一片荒凉，那一定是你荒废了时光，它长不成别的，只好为你长成蒿艾野草，摇曳在你的周围。所以，更多的时候，对于时光，除了珍惜，你还要认真地呵护，甚至像爱一个生命一样地去爱它。它不会感激你，也不会为你立刻拿出什么，它只会默默地注视着你，像月光的清辉，像树梢的雾岚，萦绕在你的周围，为你送走昨天，迎来明天，并在沉静中，为你酝酿生活的希望。

时光给谁的也不会太多。懂得生活的人，往往会把人生的每一段时光都雕刻得精致而有韵味。他们在时光的页脚上，谱写下浪漫的絮语，在时光的眉心里，点上幸福的真谛，他们一点一滴地品味时光，享受时光，并努力在时光的背影里，留下人生最美丽的幻影。

终于有一天，你老了，你坐在静谧的阳光里。你发现，昨天的阳光和今天的阳光并没有多大的区别，唯一的不同是，你多了注意它的时间。你真的老了，那一刻，你已经做不动其他的事情，天际云卷云舒，庭前花开花谢，这些尘世美景，恍惚间都属于了别人。你比以往任何时候都留恋时光，然而时光像一位变了脸的亲戚，与你一天天地疏远了起来。她不和你谈判，不容你讲和，甚至不给你妥协的机会。她要绝情地拂袖而去，只给你留下一袭美丽的背影，让你咀嚼和回味。

时光已经陪你走了很远，它就像亲戚、朋友或者恋人一样，让你眷恋。它让你阅尽了人间春色，尝遍了生活滋味，也让你懂得了人世间的许许多多。在如水流逝的时光中，你学会了欣赏别人，懂得了感恩于他人的救助；你知道了舍弃的重要，也懂得了牵挂的美丽；你发现，芬芳他人也可以愉悦自我，敬重别人的同时也会赢得别人的敬重。时光让你看清了一些人，也让你悟透了一些事，这一切，都是时光给予你的，而时光，却始终沉默着。一心给予，不事喧哗，你发现，时光本身就是一位哲人和智者。

有一个人问圣人："一个生命逝去了，是不是像一盏灯一样，这个生命的光亮会随即暗淡下来？"

圣人说："是。"

"可是，这以后，为什么我们还会感受到这份光亮的温暖？"

圣人回答说："说明属于这个生命的时光还在延续。"

未等这个人继续发问，圣人微微笑着说："时光永远不会为一种人停下脚步，那就是用爱活在这个世界上，并把爱留给这个世界的人……"

石头，石头

一块石头会不会有生命？

随便踢的一块石头会不会喊疼，砌在房基下的石头是不是活得暗无天日，横亘在路面上的一块石头是不是早已在自己的岁月中老死？石头会不会认得人，砸痛你的那一块是不是很早就和你结下了怨仇，石头中，有没有默默注视着你的朋友？

一块石头随洪流跑了，是不是厌倦了一个地方的生活而去流浪；一块石头无端端来了，是不是以福祉的形式为你降临；一块石头碎了，是不是它的心碎了；一块石头来回辗转，是不是还没有找准自己的位置；躲在角落里的石头，是不是一直自卑地活着，石头有没有泪水，它的泪水为谁而流？

一块石头锋利的棱角，为谁而闪现；一块鹅卵石五彩的纹理，为谁而妩媚；为谁碎成一粒细小的砂石在空中飞舞，又为谁凝聚成一块磐石而风雨不动；一些岁月里成了谁的旧爱，在另一些岁月里又成了谁的新欢；年迈的时候挽过谁的手，年轻的时候又吻过谁光洁的额？

一块石头，有没有生命中的凄冷与悲凉，它们长久的沉默是不是在表现着它们巨大的隐忍与恬淡；它们靠近一棵树，是不是以人看不见的方式与树倾诉；埋没在草丛中的那一块，是不是石头中的隐者；挺立在山尖上那一簇，是不是石头中的勇士；哪一块石头，在与这个世界做着最顽强的抵抗；又是哪一块石头，遭受着世俗无情的排挤……

我们以人的眼光打量石头，管石头叫石头。石头以自己的眼光观测人，是不是也把人叫作石头？它们用石头墙把人圈起来，用石头房子把人关起来，以绊倒人的方式教训人，在石头的眼中，人是不是一块又一块可笑的石头？

这个世界是不是原本就是一个石头的世界呢。尘埃和沙子是不是石头飞扬的幼年，清清河水是不是石头缤纷的眼泪，绿色植物是不是石头鲜嫩的情人，奔跑的动物是不是石头活泼的子民？

石头把自己的生命安排得谦恭而又沉默，是要触动谁？石头坚守着自己的冰冷，是要把温暖留给谁？一块石头突兀地站在峰顶，是在苦苦地等待谁？一块石头一辈子倒在一个地方，是在紧紧地拥抱谁？一块石头独守寂静，是要把喧嚣和浮躁留给谁……

石头有没有自己的故乡，谁在辗转的时候把故乡丢了；石头老死之后会化成什么，云彩中有没有它美丽的霓影；石头有没有自己的欢乐，它是不是把欢乐高高地挂在树上；石头有没有忧伤，它是不是把忧伤深埋在谷底？

是不是有一块好了伤疤忘了痛的石头，正在遭受着新的创痛；

是不是有一块坚强的石头，跌倒了又重新爬起来；是不是有一块会思想的石头，在静默中做着睿智的思考；是不是有一块傻傻的石头，正在牵住所有石头的衣角高唱——石头，石头……

一只燕子的死去

　　那天，我去城西的邮政局储蓄所取钱的路上，看到了一只燕子。我看到它的时候，它已经收敛了自己的翅膀，扁平得像一片纸一样了。黑黑的羽毛紧挤着，贴在路面上，同时贴在地面上的，还有它的肉体，它的心脏，以及它的飞翔。

　　它，死于一场车祸。

　　我不知道它从那一个屋檐下来，要急急地飞往哪一个地方去。田野中，一方池塘，一块稻田，那是多么安全的路啊，然而它没有走，却要低低地横穿这条马路，难道是在冥冥之中，去赴生命早已安排好的一个不测的宴会。或者，艰难的生活早已安排好了某个埋伏，要它必须奔赴到这条死路上来。那是一个清晨，抑或是一个傍晚，一切都静悄悄的，甚至连一声刹车的声音都没有，炊烟在风中袅娜，鸟鸣不绝如缕。然而一个生命已经走到了尽头。

　　这是多么卑微的一个生命啊！谁也没有去注意，甚至包括肇事的司机。这个世界，多少卑微的生命就这样逝去了，暗淡，平静，悄无声息。人世间，所有微小而平庸的生命，都这样活着，像一只蚂蚁，似一粒草芥，它们支撑着整个世界。然而，它们却又骨骼般地始终沉默着，它们把喧嚣留给浮躁、狂妄而又自私的其他动物，而把自己的灵魂沉静了下来。它们或许早就明白了，繁华终究要谢幕，荣光最终会黯淡，于是它们把生命的内核交给平静。

它刚刚从田头飞过来，而且它的嘴上，还衔着一条捕捉住的飞虫，急着回去喂养嗷嗷待哺的几只雏燕，是这样吗？或者，它早已经把它们的儿女喂好了，它是要赶在雨天来临之前，备下一些粮食，刚刚与儿女们在巢中嬉戏后飞出来，横穿了这条马路的，是这样吗？或者，另一个燕子的家庭，遭遇了生活的某种不幸，它黯然神伤，刚刚去抚慰它们归来，是这样吗……似乎，这一切都不重要了，重要的是，它不幸罹难了。街上车水马龙，没有谁注意到一个卑微的生命罹难了，他们行色匆匆，连投来匆匆一瞥的时间都没有。物欲横流的社会里，更多的人在关心着自己，有谁还能留意一个卑微生命的死活。

它的儿女，还在巢中，等着它回来。它们叽叽喳喳，纷纷猜测着母亲在飞抵檐下时，将会做出怎样一个漂亮的剪尾动作。它们还在猜测着，母亲回来的时候，会把第一口的食物喂给谁。它们还猜测着，母亲回来以后，将会和它们进行怎样一个有趣的游戏。然而，它们并不知道，所有的爱都破灭了，所有的温暖和欢笑破灭了，它们的母亲已经死了，死于一场人类的车祸。

遥想春天时候，在南方一个有着桨声灯影的美丽村落里，青灰屋檐下，它就开始谋划着往北迁徙。生活虽然这样简单地重复着，但简单中，藏着卑微生命平和的幸福。它走的时候，门扉的阶上，有一个白发的婆婆，拄着拐杖，翘首仰望。婆婆的眼神，柔和，慈祥，蕴着爱的光芒。一路上，它冒着冷冷的风，迎着冷冷的雨，它知道风雨是生活苦难的哲学，所以它没有畏惧这些，满怀信心地向前飞着，然而它并不知道，它的生命早已中了一个不可预测的埋伏。

"嘭"的一声，在人世间宏大的喧响里，一切都被淹没了，包括这样极微弱的一声。这是这只燕子一生中听到的最惨烈的声响，然而，它倒在了这样的惨烈的声响里，随后它敛了翅膀，失去了知觉，停止了心跳。它死了，死在了文明人类发明的汽车下。它的死，没有人去报案，也没有人负责，包括肇事的司机。自以为强大的生命，是不会在意任何一个卑微生命的失去的。他们轻描淡写，在漠视中，已经丧失了怜悯、同情以及最起码的道德责任感。

阳光还在照耀，街市依旧太平。池塘边，还有不绝的蛙鸣。林荫里，还有鸟儿整齐的飞翔。别人家的屋檐下，还有叽叽喳喳的嬉戏。一个卑微的生命逝去了，它不会改变这个世界的什么，像一片云的飞逝，像一缕烟的飘散，像一滴水的蒸发，浩大的生命体系中，只是缺失了冰山之一角，九牛之一毛，一个卑微的生命在不声不响中，倒下了。没有哀悼，没有悲戚，没有声响。它们沉默着来到这个世界，又在沉默中悄然归去。它的生，不会惊动什么，它的死，也悄无声息。

一只燕子死了，一个卑微的生命从此画上了句号，一同画上句号的，还有它的艰辛和爱。尽管此后很长的一段时间，它的爱人还会悲伤，它的儿女们依旧感受着凄凉，然而，它的躯体会逐渐分解，消融，从这条路上消失，一分流水，一分尘土，一分云烟，成为自然界的一部分。实际上，所有的生命最后都会走向烟消云散。只是，我在想，这样的一个人世间，像燕子一般卑微的生命，谁会关注着它，成为它最后的守望者呢。

一帘幽梦

　　八大山人有一幅画，恬淡得让我吃惊。素白的画纸上简洁至极，左上一虾，神情笃定，右下是三条活泼翔动的小鱼。画面的中间，四周，空空的，是无边的静寂。最后，八大山人似乎连字也不愿往上题了，只两个，也小心翼翼地，生怕扰了这静寂，从而惊动了四个生命自由而安适的梦。

　　八大山人一生够凄惨的，作为明皇族的后裔，装过哑扮过傻，又患癫狂之疾，我们能理解他大多画作中的枯索冷寂以及满目的凄凉，那是他的心境，是逃不脱的。然而这一幅，我却读出一个悲凉者恬淡的梦来，那种感觉就像没遮拦的满月，哗哗泻一地清水，然后静听一个盲者竹竿敲击地面的声音，笃——，笃笃——，在水中，又似在地上，那是生命的声音，静谧，安详，纷扬着悠远的恬静。这是八大山人的梦，苦苦的，却勾人心魄，引人入胜。

　　丰子恺有一幅画，题目叫：人散后，一钩新月天如水。郑振铎曾经对这幅画怀着极大的兴趣，他评价说："虽然是疏朗的几笔墨痕，画着一道卷上的芦帘，一个放在廊边的小桌，桌上是一把壶，几个杯，天上是一钩新月，我的情思却被他带到一个仙境，我的心上感到一种说不出的美感。"我以为，这一月，一桌，一壶，数杯，笼着一芦帘闲适和雅致的梦，疏淡和清逸的梦，尽管这梦缥缈隐约，却藏着丰子恺精神的天堂。

秦观在他的词中道：夜月一帘幽梦，春风十里柔情。秦少游这一帘幽梦，既不是悲苦中的禅定，更不是闲适中的雅趣，这是与一个歌女的别离梦，你听他"素弦声断，翠绡香减，那堪片片飞花弄晚"，一副肝肠寸断的样子，这温柔乡的梦难免就艳艳的，透着腻人的奢华与浮糜。这方面，《金瓶梅》里的西门庆造的梦最大，是个肥皂梦，结果结局也悲惨，裤子还没有提起来，就玩完了。

人间的别离相思，男欢女爱，是最俗世的梦，更是众生的一场幸福的劫难。爱得死去活来，恨得伤筋动骨，到头来幸福都烟消云散了，只剩下一场浩大的劫难。

人总归是要有梦的。据说，上帝在造人的时候，一马虎，剩下了些边角料。怎么办呢。上帝琢磨了半天，还是把这些东西一股脑儿地给了人，编梦去吧。上帝很坏，他把这些下脚料给了人之后，便躲在一边吃吃地笑。他给了人体魄和骨骼，只是让人简单地支撑支撑肉体，把精神上这么大的事，却交给了一个个貌合神离的梦。说到底，人被上帝愚弄了，还一个个精神抖擞地活着。

看过古代的一个故事，说一个一辈子都没有考取功名的人，被一块石头重重地绊了一跤，疯了，结果一天到晚抱着那块石头不放。一个石匠，晚上趁他不备潜入到他家里。第二天，疯子再出来的时候，怀中的石头上凄然七个字：一帘幽梦与谁诉。

味蕾中的乡愁

天下的美食真是海了去了。

你看那庞大而芜杂的菜系下面，一道道的佳肴，就像那深宫内如云的佳丽，一拨一拨，窈窈窕窕的，恐怕迷乱了眼神，也不好数过来。这还不算遗落在民间的那些野味，虽只是些散珠碎玑，上不了台面，却也绿得翠绿黄得金黄，逗引着人的涎水。

然而，阅尽天下美色，等如烟的红尘散去，到最后，也只会有一个人，在你心里挥之不去。美食也一样。前些天，我在凤凰卫视上看到一位美食家，白净的面皮，五官也错落得安详。他说，吃到最后，我还是喜欢小时候江南老家的那种小甜点，松软松软的，甜而不腻，一口下去，满心里都是香的。

在我想来，但凡人间的美食，是不可尽吃的。那味觉中的审美，是心中的小兔，会在倏忽间跳出来，左右你的心思。你走惯了里弄，就会惬意于每一条幽巷，长短也好，平仄也罢，毕竟那曲折幽深中，有你低徊的梦境。美食也一样，当你惯吃了一种或几种之后，有另一种美食突兀地呈现在你面前的时候，你会心思疙疙瘩瘩的吃不好，在嘴里云一阵雨一阵，味觉迷失错乱，全然不得真滋味。

袁枚的《随园食单》，从"须知单"始，一直到"饭粥单"，谈各种美味的做法吃法，细节圆润真切，包罗详尽周密，真够我辈瞠目结舌半天的。然而吃到最后，排场讲究到最后，在蔚为大观的喧嚣中沉寂下来，你的心也许只会流连在一味美食上。这味美食也许并不浓艳，并不张扬，它朴素内敛地沉静在那里，却丝丝缕缕地牵扯着你的神经，你的情感，你的心魄，才下眉头，却上心头，纠缠着你的心思而欲罢不能。

梁实秋在他的一篇文字中说，"现在，火腿、鸡蛋、牛油面包作为标准的早点，当然也很好，但我只是在不得已的情形下才接受了这种异俗。我心里怀念的仍是北平的烧饼油条。海外羁旅，对于家乡土物率多念念不忘。"还有一个人，名姓我忘了，移居异域他乡后，梦里都想着家乡的一种叫作酱鸭头的美食。他说，吃完后，把一片片薄薄的骨头摆放在桌子上，漾上来的饱嗝都是幸福的。看来，远走异域他乡的人味觉中有着极其珍贵的一种审美，那便是味蕾中浓浓的乡愁。

塞北有一种叫作莜面的美食。记得小时候，母亲把一块平而光滑的石板斜放在炕上，在和好面的盆里，揪拳头大小的一块莜面出来，然后撮出更小的一块来放在石板上，手掌轻轻地推下去，莜面便薄如纤叶了，然后经食指和中指轻轻一卷，一个个窝窝便鲜活地站在蒸笼上，密密麻麻地排列起来，就像蜂窝一样。吃的时候，佐料配以山里的鲜蘑菇和精肉炖出的汤，真是鲜美可口。

可惜，我所在的这座冀中小城并没有卖莜面的地方，于是隔三岔五，母亲就从老家寄些来，莜面并不贵，邮费却不菲，然而我知道，这世上有一些账是不能细算的，也是不必细算的，尤其是这样一笔珍贵而厚重的乡愁。

你是不是付出了爱

年根下回老家，表弟为我讲了一个故事。

他在一座城市当民工，生活很艰苦。每天跟砖块、水泥、钢筋这些东西打交道，特别劳累。体力上还能支撑，但饮食实在是差得很。每天三顿饭都是馒头，硬邦邦的。菜是白水煮菜叶，一点油花也看不到。刚好，工地的旁边，也不知是谁家种了两垄葱，绿绿的、嫩嫩的，每到吃饭的时候，他们就去拔些，回来就馒头吃。

他说，刚开始拔的时候，就像做贼一样，生怕一个身穿体面的城市人突然出现在眼前，奚落一顿还是小事，最惨的可能要挨骂甚至是挨揍。然而，每次吃饭的时候，他们又常常抵制不住诱惑，因为有这几根葱，饭就香甜许多。

终于，有一天中午他们再去拔葱的时候，被人发现了。那是一个骑着三轮拾荒的老女人，她当时怔在那里，表情木滞地盯着表弟他们看了半天。表弟见是她，不慌不忙地从地里走出来。因为这个老女人，经常来工地上拾破烂，废旧的铁丝、瓷砖的纸盒，才是她物色的对象。表弟说，也不知是谁家种的葱，就馒头吃，挺好的。老女人哦了一声，点了点头，说，也是的，也是的。

眼看着葱一天天的少了。然而，一天中午他们再去拔葱的时候，旁边不知什么时候又新种了几垄，土还蓬松着呢。表弟他们对这个变化惶恐不安，因为不知道主家的葫芦里卖的是什么药。有人说，该不是在"钓鱼"吧，大家觉得有道理。不过，没老实了几天，表弟他们就更加肆无忌惮了。因为这个工地上，除了老女人，实在没有其他什么人来。

有一天下雨，工地停工。表弟和其他的工友到四周转悠。他在工地东北角发现一处窝棚，而窝棚里住着的，竟是那个拾荒的老女人。她正坐在门口看雨，里边还有一个小孩在玩耍。表弟进去小坐了一会儿，才知道他们一家人从河南来，来这里已经四五年了。儿子和媳妇一早出去拾荒了，还没有回来。留下她，在窝棚里照看小孙子。老女人问了表弟一些情况，末了，拍着表弟的肩膀说，这么小就出来了，多不容易啊，多不容易啊。老女人眼中泪水汪汪的，表弟低下了头，感受到了一种来自母爱的温暖。

蹊跷的是，葱快拔完的时候，总会有新的葱种上。一个夏天，因为有这些葱，表弟和其他民工并没有感觉到饭食上欠缺多少。直到表弟他们搬到另一个工地干活的时候，还有几垄葱旺盛地长着。工友们都说，这几垄葱估计能长大了。大家虽然彼此心照不宣，却倒也真希望这些葱能长大起来。

初秋刚过，一个偶然的机会，表弟和几个工友回原来的工地拉施工的机器。返程的时候，他漫不经心地往那块葱地扫了一眼，乱草深处，有一个人影头发蓬乱，正在蹲在那里收获着所剩不多的葱。虽然是个背影，表弟还是觉得有些熟悉，当他看到旁边更为熟悉的三轮车的时候，那一刻，表弟明白了。原来，一直是她，一个一样卑微地活着的拾荒女人，在那个夏天躲在生活的背后，一茬一茬地种下葱，默默地照顾着他们，让他们少遭了许多的苦。

表弟讲到这里的时候，眼睛有些润湿了。他说，那个清冷的雨天，她拍我的肩膀的温暖至今还在。只是，我没想到，在那样的一个城市，一个捡破烂的，还有着这样一颗热乎乎的心。

我知道了表弟一定要把这个故事讲给我的缘由。是的，一个生命，把自己的爱默默地延宕出来，并毫不吝惜地给予别人，这样一颗纯美的心灵，对于爱的承受者来说，是刻骨铭心的。所以，当你被一个人感知，并被牢牢记住，你要清楚，那不是因为你貌美，不是因为你气质迷人，不是因为你所处的位置高高在上，也不是因为你所做的事情轰轰烈烈，恰是因为你竭尽所能地为他付出了爱。

哪怕是极细微、极渺小的一点爱，也许薄如轻烟，也许细若游丝，但对于一个需要爱并懂得感知爱的人来说，你就给了他心灵的全部。

两颗纽扣的爱情

有这样两颗纽扣，一颗在上衣的前襟上，一颗在袖口上，然而他们相爱了。

他们的相遇纯属是一次偶然，有一天晚上，他们的主人醉醺醺地回了家，随意把上衣往沙发上一丢，一只袖管正好搭在了前襟上。他们便相遇了。

初次见面，就是这样的一次清淡如水的邂逅。他淡淡地说，你在这里。她也淡淡地说，你在这里。然后，他们彼此都深深地打量对方，从眼睛到心灵，再从心灵到眼睛，他的心中有一丝触动，说不清是什么。她的心中也有一丝触动，说不清是什么。

像所有的爱情情节，随后，他们谈起了各自的遭遇。他的过去坎坷曲折满蕴沧桑，她的过去虽然平淡但幸福有趣，他们都被对方感染和陶醉着。他发现，他愿意把心底的话说与她听。她觉得，她喜欢来自他的倾诉。他说，袖管是个偏僻的地方，在那里我卑微而孤独。她安慰说，那多好啊，孤独可以安享内心的安宁。她说，倒是前襟这个地方很不好，喧哗、躁乱、红尘飞舞，让人生厌。他也安慰她说，在迷乱的世事中沉静自己，或许可以使你的生活更厚重。

那一夜，他们的谈话深入心灵。可惜的是，早上的时候，还没来得及告别，他们就被主人阔大的身体分开了。那一刻，他似乎挣扎了一下，但主人粗壮的胳膊一伸进去，他们便一个在天之涯，一个在地之角了。

爱的门当户对，不是对等门第，而是对等和谐而自由的心灵，两颗素昧平生的纽扣，就这样，脱离了世俗的链条，在灵魂的相互仰望中萌生了爱意。他们彼此思念着对方。然而，却很少有见面的机会。他想，如果能见上她一面该有多好啊，我将把所有想和她说的话说完。她呢，也天天盼望着能有机会见上他一面。有一天晚上，他不顾一切挣脱了几缕线的束缚，披星戴月来到了她的身边，一见面，他们便相拥而泣。

第二天，主人发现前襟上无端多了一只扣子，便交给了女主人。女主人一剪刀下去，他便又回到了袖口的位置上。几天之后，他又不顾一切跑到了前襟上，女主人咔嚓一剪刀，这次他没有回到袖口上，她也没有能够继续待在前襟上。

他们被扔掉了。

接下来，便是梦魇般的无休止的流浪。先是垃圾堆，然后一场风，又是一场雨，他们从一个肮脏的地方流落到另一个肮脏的地方。风吹，日晒，雨淋，他们似乎已经顾不上这些了，他们不停地奔波，只想着能有一个落脚点，因为这种辗转和流浪，已经使他们失去了属于自己生命的位置。

没有一种颠簸和流浪的爱可以赢得浪漫，也不会有一种爱可以是虚无的空中楼阁。他们发现，任何痛苦都可以产生哲学，包括爱的哲学，也必定是痛苦的涅槃。

终于有一天，有一位老大妈把他们捡拾了起来，他们出现在了同一件汗衫上。这回，他们的距离还是远远的，但彼此都感受到了无法言说的幸福。他说，我希望就这样下去，不求朝夕相处，但求心灵彼此的仰望中永恒。她说，是的，经过这样的一场劫难，我懂得了，上帝为爱安排距离，或许就是让生命给生命以彻头彻尾的牵挂。

那一次流浪，让他们发现了世界上最美的相爱。

给陌生人依偎的肩膀

好像好多次了，我都收到来自山西某镇煤矿的信件。

我不知道写信人是谁，因为他给我的信从来不留下姓名。我也不知道他为什么给我写信，因为在他的信中除了谈煤矿的生活，很少涉及我。然而可以推测到的是，他该是我的一个读者朋友，因为他在信中提到去镇上唯一的书报亭买杂志的细节。或许，他在某本杂志上看到了我的文章，并在文章后得到了我的地址，于是就有了他的来信。

那该是一个不大的煤矿，下井的条件并不好，也处处充满着危险，他经常提到巷道深处的寂寞和黑暗，冰冷的石头以及并不温暖的煤炭。冬天的时候，常常是在井下干得浑身汗湿透，然后一出井口，衣服便硬挺挺地附着在身上，再下井的时候，还是这身衣服，再冰凉凉地穿着下到井下去。生活是艰苦的，然而更贫乏的是精神生活。从初中毕业辍学打工后，他一直保持着看书的习惯，仅有的几本书几乎都翻烂了。矿工们常常聚在一起胡侃一些荤段子，他不愿听，就独自一个人坐在工棚后边的山梁上，望着对面的大山发愣，一坐就是半天。

我很想写信安慰安慰他，那年高考落榜，我曾经在大同打过一段时间的工，我知道一个读书人在那种境地的落寞、无助和内心的荒凉。然而，我不知道该怎样劝慰他，因为他没有留下姓名，连着几封信都没有留下姓名。如果他粗心的话，也不至于这么粗心啊。难道他只是需要这样一个单程的倾诉，把内心的一切郁闷、烦扰、落寞全部写出来，交给我看。或者，他只是把自己的内心交给一棵树，一块石头，一朵飘逝的云彩，一阵淡然的风，然后以信的形式寄出去，寄给树，寄给石头，寄给云彩，寄给风，而我，只是一个辗转者？

然而，我还是想写封信给他。因为在这样的一个年龄段上，在人生最重要的路口上，需要有人帮他一把，否则他会少了奋进的勇气，极有可能被生活磨掉了锐气，而最终落入平庸的境地，像他周围的人一样。有一次，我试着拨打了他所在地区的114台，查那家煤矿的电话，接线员没有回答是否有，接着有一个电脑语音响起，给了我一个电话号码，我顺着电话号码拨过去，便有一个操着浓重乡音的人拿起电话，我稀里糊涂地说了半天要找的人，事实上我根本说不清楚，他似乎也没有听清楚，嘟囔了一句，就"啪"的一声，把电话给挂了。

这唯一的希望也断了。

后来，好长的一段时间，也没有他的信。我以为我们的缘分就此结束了，我想他也许流落到了另一个不知名的地方去了，也许正应了我的某种预料，他连写信的心思也没了，被浑浊的生活完全地吞没了。然而，沉默了一个月后，我又收到了他的信件。他在信中说，这一段时间，他和领班的闹了意见，差一点打了架，矿上说不想要他了，周围的矿工也嫌他不合群。他说：矿上不收留我，我收留我；谁都不要我的时候，我也要我。他还在信中谈到：有一次矿上接到了一个河北的长途电话，说要找一个写信的年轻人，我没告诉他们写信的人就是我。但是我猜想那个打电话的人该是你，我也希望是你。你知道吗，那一天，我很激动。其实，我一直没有太高的奢望，我只是希望你收到信的时候，认真读就是了，我很希望能有一个像你一样的哥哥，给你写信，就是在我孤单的时候，想象着依偎在你的肩膀旁边，然后，静静地让你，听着一个头发蓬乱的弟弟，一点一点地诉说遭遇。

——哦，亲爱的弟弟。这一封信，你才让我彻底地弄清了事情的原委。让我高兴的是，你并不缺乏坚强，你说谁都不要你的时候，你也要你。这让我很放心，我也希望天底下所有像你一样在困难中挣扎的人，都有着这样一份坚强。这一封信，你让我明白了，静静地去倾听别人的诉说，有时候也能给孤单无依的人以依偎的肩膀，我才知道了，有一种帮助，其实需要的并不多。

看来，对于一个陌生人来说，你再小的一点接受和承担，实际上就已经给了他无形的帮助。有时候，你尽可什么也不拿出来，只要默默地，亮出你的肩膀，一个在尊严中活着的人，就得到了最好的依靠。

窗　外

　　自然，把一方山水镶嵌在窗外，山柔情，水妩媚，绿是沁绿的，凉是浅凉的，在眉峰上横亘，在手腕里温润，在心窝里波光激滟，招惹着人。

　　钱钟书说，若据赏春一事来看，窗子打通了人和大自然的隔膜，把风和太阳逗引进来，使屋子里也关着一部分春天，让我们安坐了享受，无须再到外面去找。其实，窗子逗引进来的，何止是风和太阳啊。星辉，雾岚，暮鼓，晨钟，朗月载来的皎洁，庭树摇碎的细影，夜歌的恣意与悠扬，都从窗外来。软软的，酥酥的，细细的，像初生羊羔的蹄印，又像淡春的润雨，落在你的心鼓上。

　　而这一切，仿佛又能给人以极大的症疗，痛苦、忧伤、落寞一样一样地卸下来，让你浑身没有了挂碍，变得轻松惬意起来。如果上帝安排了一块让生命闲适愉悦的自留地的话，上帝绕来绕去，最后，选择了窗外。

窗外，确乎是个唤醒生命的地方，一线飞瀑，两棵高树，几点新绿，都可让生命活泼地跳动，像晨曦里枝上的雀。窗内有什么，琐碎而经年不绝的工作，阴谋与钩心斗角，温婉而堕落的欢娱，这些事情，像雨后轻薄的衫子，紧紧地裹着生命，解不开，挣脱不了。

自由的生命，都在窗外。一只悠闲独步的蚂蚁，电线上晾翅的一只鸟，塘里的一粒蝌蚪，泥土下一条蚯蚓，活得无牵无挂无拘无束。实际上，生命的富有，不在于自己拥有多少，而在于能给自己多少广阔的心灵空间。同样，生命的高贵，也不在于自己在什么位置，只在于能否始终不渝地坚守心灵的自由。

无论是茅屋的草牖，还是高楼大厦的玻璃幕窗，作为窗户本身，从来没有阻隔过谁，也没有拒绝过谁。生活是一场旷日持久的婚姻，工作是这场婚姻中最锅碗瓢盆的一个过程，琐碎，单调，散发着霉烂的气息。而自然，就像你朝思暮想的一个情人，每天鲜活地站在窗外，裙裾飘舞，芬芳朦胧，等待着你与她的幽会。你推开窗户，看看天的高远与蔚蓝，听听鸟的鸣叫和飞翔，闻闻青草的芳香，就感受到了另一种方式的温馨和爱。窗外的自然，是我们一生一世永恒的情人。然而，生活中我们常常找错了情人，并进行着并不适宜的幽会和拥抱。

周涛先生有一篇《隔窗看雀》的美文，窗外的麻雀，被他演绎得美不胜收。初看，我还以为麻雀为窗户赋予了诗意，后来想想，是有爱的人赋予窗外万物以诗意了，哪怕是一只卑小的麻雀。这篇文字，还有一个空灵意远的结尾：

瞧，枝上的一个"逗号"（麻雀）飞走了。

噗地又飞走了一个。

这是窗外的意趣，也是人生的意趣。

在草尖上奔走

——读书谈

1

我读书从来喜欢先读结局。

结局粗俗的书不应该读，结局浅薄的书不值得读。

一览无余的不怕，怕的是过程不能荡气回肠；晦涩艰深的不怕，怕的是要义不经推敲琢磨。

一个 80 岁的老人平和沉静，总能撩人心魄去探访他那云谲波诡的前半生。

2

看了一天的书，什么也没记住，最好去打牌。

心浮气躁时读不了书，春风得意时读不了书。

人在喧嚣尘世，心必隐居山林。读书，不是人在读，而是心在读，是心与心的交融。所以，心静方入读书之境。此种静界，不是海水之静，不是江水之静，而是湖水之静，微澜阵起，恰是共鸣所激起的浪花。

3

读着，读着，你就哭了。

好书往往让人感伤落泪，泣下粘襟。在我以为，读书人有三格：初格读故事，再格读情感，高格读思想。

我是尘世中人，自不免俗，一心一意读情感。

失却了情感的书，如失却了水分的枯枝残柯，虽骨节高立，难免让人望而生畏。

4

有一种读书人叫人佩服，那就是长年累月读哲学的人。

能同枯燥为伴，内心想必益然蓬勃；甘与寂寞共舞，思想注定波澜壮阔。

这些人大抵都是隐士，也许是沙漠中的一簇孤独的红柳，也许是戈壁上一方荒凉的土堡，也许是万千砂石之寂静一粒，也许是浩渺碧波中游鱼之恬然一尾。

这是超然于意志之上的心性，学不来，也修炼不成。

5

切透皮肤，是血管。

有人读书，总喜欢深入到文字背后，去看个究竟。其实大可不必。

正如一处胜景，既然感染于雄浑，何必去穷究雄浑之要旨；既然陶醉于柔媚，何必去寻找柔媚之精神。

你喜欢就是了，细腻的皮肤之下，是纵横的血管，若执意要看皮肤后面的东西，见到的只会是血。

6

一桌菜，花花绿绿，你怎么吃？

若是为了健康，尽可杂和着吃；若是为了养病，尽可注意着吃；若是为了养颜，尽可挑拣着吃；若是为了品味，尽可慢着吃；若仅是为了填肚皮，尽可随意吃。

读书亦然。

只是吃饭有闲时，读书无止境。饭养人之身体，书育人之精神。

7

山冈氤氲着岚气，方显神秘；飞云变幻无定，才觉叵测。

浅近的书易读，但回味不够。艰深的书难懂，但余韵悠长。

即便是小儿之读物，赋予浅显的思想就好，或者叫人奋发，或者催人上进。牛奶再稀，也给人以营养，总比寡淡的白开水要强。

8

幽默的书最具亲和力。

诙谐的东西，往往轻松人之肌肉，抚摩人之心灵，快慰人之精神。

幽默过了头，就成了乏味的调侃。

郁达夫先生有云：幽默不全是叫人笑的。正如一出戏，总盼着丑角出场，不知那一番腾挪跌宕和嬉皮耍笑之后，留给你的还有什么。

比较起来，不知疲倦的调侃之书，比起意义浅近的书更要乏味。

9

有人说，倘要写作，必须广阅天下诗书。

不尽然。

一涧飞瀑，碎琼乱玉，造就这胜景的不全是水；一地竹影，摇曳生姿，练就此态势的不尽是风。没有侧立千尺的绝壁，好水难为瀑；没有临风飘举的翠竹，劲风不生姿。

通俗地譬喻，写作倘是机器，读书只是润滑油。

有了恰当的润滑油，机器会转得更快。原本不是机器，有多少润滑油也无济于事。

写出来写不出来，决定于先天的素养。

10

绘画之美，能在方寸之地绘形表意；文学之美，能在字里行间传神达情；音乐之美，能在抑音扬韵顿声挫调之间生趣衍欢。

读书之事，实乃眼观字间绘画，耳听行中音乐。文字妙绝者，画乃意境之画，音乃天籁之音，意趣层生，使人流连忘返。

失声留画，书尚差之可读，声画皆无，书味皆去矣。

11

趣味有高下，阅历有浅深，审美有分别，是以区分读书人之雅俗，不可。

雅者无形，雅者无象。雅者如空谷之音，镜中之像，水中之月，虚无缥缈，不可捕捉。

隐心，是雅者真诀。雅者不耐寂寞，从幕后走向前台，已宛然一俗人。

读书人中难觅真雅，多见大俗。

央视有一《对话》栏目，一日，邀请数十人，环围而坐，评论金庸先生作品。为评价读先生作品者归雅归俗，争论不休，唾星四溅。

金庸先生端坐中央，颔首浅笑，沉默无语，方真雅者矣。

12

读书人的阅历是一面镜子，可以洞鉴书之矫情、伪情、滥情，可以体察书之虚势、颓势、做势。故阅历越深的人，眼光越挑剔，可读之书越少。

也因此，阅历亦成了一条绳索，捆绑人之思想，从而使其拒绝了浪漫到瑰丽之书，幼稚到纯真之书。

13

井中之蛙观天，能有四角的天空。

平庸之人读书，也有一管的见地。

14

文学流派纷呈，是文学之幸事，亦是读书者之幸事。

一坡的春色，看久了，无非春色也。骤而可见一涧泉飞，一湖水涌，或又听得风敲叶响，炊烟袅动，方可阔人胸襟，开人眼界，悦人身心，怡人耳目。

15

书实乃医病之良药。

是艰难困顿者的良药，是落魄潦倒者的良药。

一个人在精神的世界里自杀未遂，是书解开了套在他脖子上的绳索。

16

一种体制，始盛终衰，自然之变也。

能历久不朽者，盖能注变革于血脉之中，寓新奇于骨肉之中。

化腐朽为神奇，非鬼斧神工者不能为也。

17

读书有容乃大。

胸能吞吐六合，上下千古，疏梅淡月，苍山流云，心方可宽广博大；书能读天文地理，经史子集，阴阳八卦，稗史野传，学问才可博古通今。

18

少年读书，人生百味不谙，英雄气盛，多生狂气、霸气、傲气；老年读书，世事沧桑阅尽，垂老迟暮，多生哀情、怨情、悲情。

19

清心寡欲，方读得好书。

为成就功名读书，累；为卖弄风雅读书，浮。

书从来都是几上一茶，云中一鹤，荒野一径，要细品，遥看，徐走缓行。

20

避开喧嚣尘世，你也未必读得下去书。

因为远避深山古刹，走远的只是你的身体，而非内心。

心乃动根，心动躁生。故静心是根本，达物我一空，动静两忘的境界，才是读书之妙境。

21

读书见得淫乱，未必是坏书。

观其内涵不淫，察其要旨不乱，就不该以坏书论处。

心原本清芬恬愉，卷舒自由，行止在我，自也不会被其蛊惑迷乱。实践证明，不是每个读过《金瓶梅》的眼里都藏着猥亵的光。

22

有些文人读书，拿着放大镜。

读着不是为着谦恭地学习的，而是在文字的肌肤上挑刺的。而且越是雪白细腻的部分，越是秋毫明察，锱铢必较。

偶见一些微突起，放大镜当啷一放，释然曰：果然一处硬伤。

23

同样买书：穷时买的书是书，富时买的书是纸。

不同目的：大抵穷时买书是用来看的，富时买书是用来装裱门面的。

24

有些畅销书读不得。

此等名头，可能是一浓妆艳抹的娼妓在烟花巷喊出来的。真正嗡嗡嘤嘤附着而来的，应是苍蝇，臭虫，蚊子。

好人也不免陷身进去，出得门来却只会骂骂咧咧。

25

一花一世界，一草一菩提。

一片雪花，平庸的人读出冬天，聪明的人读出春天，智者读出轮回。

文盲什么也读不出来，却看到了雪花上七彩的阳光。